지은이_다키모리 고토 瀧森古都

1974년 지바 현 이치카와 시에서 태어났다. 이탈리아
의 □□□□□□□□□□ 예술 활동을 한 부모님□
□□□□□□□□□□□□□□었다. 2001년 작가 사
□□□□□□□□□□□□□□다. 방송 작가로서「기
□□□□□□□□□□□□□□□ 프로그램을 기획하고
□□□□□□□□□□□□□□독립한 이후로 주로
□□□□□□□□□□□□터로 활동 중이다. 현재는 '감동'을 테
마로 한 소설이나 동화를 집필하고 있다. 펫 간호사, 펫
테라피스트 자격증을 갖고 있다. 저서로『슬픔의 밑바
닥에서 고양이가 가르쳐 준 소중한 것』이 있다.

옮긴이_권남희

일본 문학 전문 번역가. 지은 책으로『번역에 살고 죽
고』와『길치모녀 도쿄헤매記』가 있으며, 옮긴 책으로
『달팽이 식당』,『카모메 식당』,『다카페 일기 1, 2, 3』,
『애도하는 사람』,『빵가게 재습격』,『샐러드를 좋아하는
사자』,『저녁 무렵에 면도하기』,『후와후와』,『시드니!』,
『평범한 나의 느긋한 작가 생활』을 비롯한 마스다 미리
시리즈,『배를 엮다』,『누구』,『츠바키 문구점』등 200여
권이 있다.

고독의 끝에서
개가 가르쳐 준
소중한 것

고독의 끝에서
개가 가르쳐 준
소중한 것

다키모리 고토 지음 | 권남희 옮김

마리書舍

나의 안식처는 어디에 있을까.

나는 어디에서 울면 될까.

어쩌면 눈물 흘릴 일 이제 없을지도 몰라.

누군가를 위해 우는 일 아마 영원히 없을지도 모르지.

왜냐하면 내겐 가족이 없으니까.

함께 웃고, 함께 눈물 흘려 줄 사람 하나도 없으니까.

고독의 끝을 헤매던 나는,

줄곧 그렇게 생각했다.

그날 그 개를 만나기 전까지만 해도…….

차례

제1화

하늘을 모르는 개

이 도시에서 가장 큰 불꽃놀이 축제가 열린 날이었다.

우리는 개 한 마리를 유괴했다.

물론 해도 되는 일은 아니다.

하지만 무엇이 정말로 옳은 일이라고

누가 정답을 말할 수 있을까,

그런 건 100년을 살아도 모른다.

다만 고독의 끝을 걷는 우리에게 정답은,

그날, 그 개를 유괴하는 것이었다.

유괴 일주일 전

"미츠 씨! 오늘 간식 벌써 나눠 줬어요?"

캠핑카를 개조해서 만든 이동도서관, 통칭 '도서관 차'에 달려 온 소년이 숨을 헐떡거리면서 물었다.

"유감이네……. 오늘 것은 이미 다 나눠 줬단다."

"헐! 벌써 없어요? 하나도 없어요?"

"있지만, 이건 다음 공원에서 나눠 줘야 해."

"그럼 다음 공원까지 태워 주세요."

관장인 나를 '미츠 씨'라고 부르는 이 소년은 근처 아동 보호 시설에 사는 히로무. 초등학교 5학년이다.

아직 초등학생이 머리를 약간 노랗게 물들인 히로무는 빈말로라도 문학 소년이라고 할 아이는 아니다. 하지만 만화책 읽는 것은 좋아해서 인물 관계나 시대 배경이 상당히 복잡한 것도 도중에 포기하는 일 없이 끝까지 읽어 치운다.

그렇긴 하지만 이곳에 오는 가장 큰 목적은 무료로 나눠 주는 간식을 먹기 위해서라고 해도 과언이 아니다.

"히로무, 오늘은 만화 남은 거나 마저 읽고 내일 또 오렴."

"네에? 당분을 섭취하지 않으면 책을 읽을 수 없단 말이에요. 다음 공원까지 태워 주세요. 오늘만요. 네?"

"그건…… 들어줄 수 없네. 어른 세계에는 여러 가지 규칙이 있거든."

"규칙이요? 왜 아이를 태우고 달리면 안 돼요? 유괴한다고 생각할까 봐요? 하긴 미츠 씨, 인상이 안 좋긴 하지."

"인상이 안 좋다고? 내가? 그런 말 처음 듣는다."

"그건 상관없고 일단 태워 주세요."

"상관없다니……. 나는 상처를 잘 받는 성격이니 말 좀 조심해 줘. 그리고 너만 태워 주면 편애한다는 말을 들을 테고, 혹시 사고라도 나면……."

"편애는 하면 안 되는 거예요? 시설 선생님은 나한테 잘해 주는데. 나만 숙제 안 해도 된다 하고, 나만 큰 밥그릇 써도 된다 하고. 뭐, 공부에 관해서는 편애라기보다 포기한 것 같은 느낌이지만. 그리고……."

"그리고?"

"만약 사고를 당해서 내가 죽어도 슬퍼할 가족이 없으니 안심하세요."

나는 흠칫했다.

빈정거림도 아니고 삐딱함도 아니다. 히로무는 가볍게 무서운 말을 했다.

'내가 죽어도 슬퍼할 가족이 없다', 그것은 궁극의 고아를 표현하는 말이다.

응석을 부리느라 "이제 죽어 줄게!" "나 따위 죽는 편이 나아!"라고 하는 아이들은 얼마든지 있다. 그러나 히로무의 눈은 다르다.

마치 인생을 오래 산 노인처럼 '끝'을 각오한 것 같은 눈이다. 자세한 것은 모르겠지만, 히로무는 어릴 때부터 시설에서 살고 있다고 한다.

히로무가 살아온 11년 동안 대체 무슨 일이 있었을까. 지금까지 어떤 마음을 안고 살아왔을까.

"알겠다……. 오늘만이야."

히로무는 "아싸!" 하고 시동을 건 도서관 차에 올라탔다.

지금부터 4년 전, 나는 50세에 조기 퇴직을 했다. 그 퇴직금으로 이 중고 캠핑카를 샀다. 하지만 이동도서관을 하기 위해서가 아니라, 가족과 지역 등 사람들과 상관하지 않는 생활을 하고 싶어서였다. 어디 정착하지 않고, 전기며 식사도 딱 필요한 만큼만 직접 만들고, 이따금 들어오는 일용직 아르바이트로 그날그날 먹고살 만큼만 벌면 충분히 살 수 있다.

그런 생활을 2년 정도 계속한 어느 날이었다. 이 동네 하천 부지에 차를 세우고 전 50권 남짓한 만화 중 열세 권째를 읽고 있는데, 한 소년이 말을 걸었다.

"저기요, 아저씨, 그 만화책 다 읽으면 나 좀 빌려 주세요."

그랬던 소년이 지금 이 차에 타고 있는 히로무다.

옛날부터 만화를 좋아했던 나는 캠핑카를 살 때 수백 종류의 만화책도 같이 사서 닥치는 대로 읽으며 이 차에서 살았다.

"빌려 줘도 되긴 한다만, 나는 항상 이곳에 있지 않거든. 벌써 여러 번 읽은 건데 괜찮다면 그냥 줄게."

그렇게 말하고 히로무에게 책을 건네자, "그건 곤란해요"라고 했다.

"어째서?"

"그야 그다음 편이 읽고 싶으니까요."

어쩌다 정차한 동네에서 어쩌다 제13권을 읽었고, 어쩌다 만화를 좋아하는 소년을 만나서, 현재 어쩌다 이동도서관 관장을 하고 있다.

인생이란 게 그런 건지도 모른다. 내가 조기 퇴직한 것도, 살던 집에서 떠나야만 했던 것도, '어쩌다'의 연속이 아닐까.

하여튼 그런 흐름으로 이 차에 다니게 된 히로무는, "아저씨, 내일은 어디에 있어요?" 하고 묻는 것이 버릇이 됐다.

약속 같으면서 약속 같지 않은 대화는 늑대 같은 사이인 우리에게 마음 편했을지도 모른다.

어쩌다 보니 내게 작은 욕심이 생겼다.

'더 쾌적하게 만화를 읽게 했으면 좋겠다.'

사람들과 상관하지 않고 싶어 했던 내가 히로무라는 소년을 만나면서 조금씩 바뀌어 갔다.

그러면서 캠핑카를 직접 조금씩 개조하고, 폐교가 된 초등학교에서 책장도 얻어 왔다.

그리저리하여 소문이 소문을 낳고, 내 차에 만화를 좋아하는 아이들이 모이게 되었다.

정처 없이 마음 내키는 대로 돌아다니다 보면 착한 사람들이 만화뿐 아니라 책과 과자도 간식으로 갖다주었다.

그중에는 나를 괴짜라고 하는 사람도 있다. 그 사람들은 자기 아이에게 "저 사람한테 가까이 가면 안 돼"라고 하는 모양이었다. 실제로 그런 말을 들은 아이들이 친절하게 알려 주었다.

그리고 2년의 세월이 흘러, 처음 만났을 때 초등학교 3학년이었던 히로무는 어느새 머리를 노랗게 물들인 5학년이 됐다.

그런 기억을 떠올리고 있는데, 조수석에 앉은 히로무가 "미츠씨, 잠깐 세워 보세요!"라고 했다.

주위 안전을 확인하고 골목 같은 좁은 도로에 차를 세우자, 히로무는 차창을 열고 어딘가 한곳을 바라보았다.

"히로무, 왜 그래?"

히로무의 시선 끝에는 초록색 담장으로 둘러싸인 낡은 민가 한 채가 있었다.

"저 집이 왜? 히로무 아는 사람 집이야?"

"아뇨, 그렇지 않아요. 자, 잘 봐요. 저기 낡은 집 안에 창고가 있죠? 저 안에 개가 있어요."

"뭐? 저런 창고에?"

2층짜리 민가는 대충 보아서 지은 지 50년쯤 됐을까. 사람이 사는지도 알 수 없을 정도로 담쟁이로 덮여 있고, 현관 옆에는 냄비며 양동이며 오래된 도구들이 쌓여 있다. 그런 집 안에 아이 키만 한 창고가 있었다. 그리 낡거나 오래된 느낌은 아니었다. 그렇긴 하지만 볕도 들지 않는 우중충한 곳의 창고에, 개가?

나는 차에서 내려, 좀 더 가까이에서 보기로 했다. 담장 바로 앞까지 가서 한쪽 문이 열린 창고 안을 자세히 보니, 정말로 누런 털 같은 것이 얼핏 보였다. 각도를 바꾸어서 다시 보니, 시바견인 듯한 견종의 개가 정말로 창고 속에 있는 게 아닌가. 짧은 줄에 묶여서 제대로 돌아다니지도 못하는 상태였다. 밖에 나가기를 포기했는지, 엎드린 채 꼼짝도 하지 않았다. 그저 살아 있을 뿐인 듯 보였다.

옆에서 같이 보던 히로무가 "저 개…… 벌써 몇 년째 같은 곳에 묶여 있어요"라고 했다.

"뭐? 몇 년이나? 저렇게 빛도 들지 않는 창고에?"

"네, 이 길 가끔 지나가는데 언제나 저기 있어요. 산책은 제대로 시켜 주는지……."

"저런 환경에 묶여 있기만 하다니, 불쌍하네."

"음……."

안타까운 시선으로 개를 바라보는 히로무. 장난꾸러기지만 마음이 착한 아이구나, 생각했다.

담장 너머로 창고 안을 한 번 더 자세히 보니, 배변용 시트로 보이는 것이 깔려 있다. 완전히 그 속에서만 키우는 것으로 보인다.

그때 히로무가 이런 말을 했다.

"저기, 미츠 씨. 저 개 목줄…… 풀어 줄까요?"

"뭐?"

"저 개도 달아나고 싶지 않을까요."

나도 저런 환경에서 동물을 키우는 주인은 비상식이라고 생각한다. 그러나 멋대로 줄을 풀어 주는 건 죄가 되지 않을까. 애완동물은 법적으로는 '소유물'이니 어쩌면 절도죄? 아니, 훔치는 것이 아니니까 기물 파손? 어쨌든 남의 부지에 침입하는 것이니 불법 침입인 건 분명하다.

"음, 히로무의 마음은 잘 알겠지만, 줄을 풀어서 도망치게 해준다 해도 보건소 사람한테 발견되면…… 뭐랄까, 안락사당할 가능성도 있고…… 결과적으로 더 불쌍한 일을 당하게 될지도 몰라."

"저 개는…… 저렇게 사나 도망치나 어차피 지옥이에요."

"……히로무 착하네. 동물을 좋아하는 줄 몰랐는걸."

"동물을 좋아하는 건 아니에요. 난 고양이는 좀 그래요."

"고양이가 좀 그래?"

"네. 어릴 때, 연못에 빠진 고양이를 구하려고 했는데 구하지 못했어요……. 그 후로 왠지 고양이를 만지지 못하겠어요."

"고양이가 빠진 건 히로무 탓이 아냐. 그렇게 생각하지 마."

"아뇨, 내 탓이에요. 용기를 내서 더 빨리 연못에 들어갔더라면 구할 수 있었어요."

"그랬다면 히로무가 빠졌을지도 몰라. 그 고양이는 운명이었을 거야."

그때 개 주인으로 보이는 60세 정도의 남자가 현관에서 무얼 갖고 나왔다.

남자가 손에 든 것은 인스턴트 라면 용기로 보이는 일회용 스티로폼 그릇으로, 그걸 들고 창고 쪽으로 가더니 개를 향해 "손"을 요구했다.

"야, 손, 손. 안 하면 밥 안 준다!"

개는 손을 내밀 기미가 조금도 없이 엎드려 있었다. 남자는 "너는 정말로 등신 같은 개구나. 손도 못 내놓고"라며 욕하더니, 먹이를 던지듯 넣어 주었다. 나는 도저히 참을 수가 없어서 어째서 이런 상황에서 개를 키우는지 사정을 물어보기로 했다.

"저, 잠깐 괜찮으시겠습니까?"

부지를 둘러싼 담장 너머로 말을 걸자, 색 바랜 회색 티셔츠를 입은 남자는 우리를 노려보면서 "무슨 일이요?"라고 했다.

"실례지만, 그 개는 항상 거기 묶여 있는 것 같더군요. 이 계절에 창고가 뜨거워서 탈수증이 생기지 않을까요?"

이쪽을 계속 노려보던 남자는 우리를 위협하듯이 큰 소리로 "당신들하고는 상관없잖아!"라고 했다.

그야 우리하고는 상관없을지도 모른다. 하지만 감금하듯 짧은 목줄로 묶어서 남은 음식을 먹이라고 던져 넣는다. 그런 대접을 받는 동물을 보고 "그것도 그렇군요." 하고 돌아가는 것도 비정하다. 나는 히로무의 착한 마음에 상처 남기는 일은 하고 싶지 않아서, "산책은 시키십니까?" 하고 계속해서 물었다.

그러자 주인 남자는 믿을 수 없는 말을 내뱉었다.

"이 개가 설령 여기서 죽는다 해도 그게 이 개의 운명이야."

나는 아까 히로무에게 한 말을 취소하고 싶었다. 고양이가 연못에 빠져 죽는 것을 운명이라고 한마디로 정리해 버린 것을 후회했다.

남자의 말을 듣고 지금까지 내 뒤에서 얌전하게 있던 히로무는 분노가 폭발한 듯이 덤볐다.

"운명이 뭔데요! 그건 당신이 멋대로 정한 거잖아요! 개를 키운다면서 짧은 줄로 묶어 놓고만 있잖아요. 산책을 시키느냐고 묻고 있잖아요! 이 영감탱이야!"

개 주인도 초등학생 히로무에게 지지 않겠다는 듯이 담장을 힘껏 걷어찼다.

"여느 개집보다 몇 배나 크게 만들어 줬는데 뭐가 잘못됐어. 비도 안 맞게 하고, 먹이도 주는데! 뭐가 불만이라는 거야!"

그렇게 맞받아친 주인은 혀를 차며 집 쪽으로 돌아갔다. 히로무는 주인 뒤에 대고 "뒈져 버려!" 하고 시뻘게진 얼굴로 분노를 퍼부었다.

운명.

그것은 대체 누가 정하는 걸까.

누군가가 정한 걸까? 아니면 스스로 찾는 걸까.

애초에 정해지긴 한 걸까? 아니, 이끌려 가는 걸까?

쉰이 넘은 아저씨가 운명에 관해 생각하다니, 누가 보면 바보 같은 자문자답이라고 할지도 모르겠다.

나 자신도 고독한 인생을 걷고 있음은 말할 것도 없다. 하지만 짧은 줄에 묶여 있는 것보다 낫다고 생각한다. 아니, 정말로 그럴까. 나는 지금 저 개보다 나은 인생을 보내고 있다고 할 수 있을까.

여하튼 히로무도 무언가 느낀 모양이다. 묶인 개를 향해,

"아무것도 해 주지 못해서 미안해……." 하고 작은 소리로 중얼거리더니, 도서관 차에 올라탔다.

우리는 침묵 속에 안전띠를 매고, 다음 공원으로 출발했다.

그리고 액셀러레이터를 밟는 순간, 왼쪽 보도에서 무언가 튀어나와 퍽 하는 둔탁한 충격을 받았다.

얼른 안전띠를 풀고 조심조심 차에서 내려보니…… 도서관 차 바로 앞에 사람이 쓰러져 있었다.

히로무는 "앗! 말도 안 돼……. 사람을 치었어요?"라고 하면서 쓰러진 사람을 말똥말똥 보았다. 쓰러진 사람은 20대로 보이는 젊은 남자였다.

"이봐요, 괜찮아요?"

나는 남자의 어깨에 손을 얹으면서 말을 걸었다.

그러자 엎드려 있던 남자는 내 얼굴을 잠깐 보더니 벌떡 일어나서 도망치듯이 어디론가 가 버렸다.

가볍게 부딪힌 정도인 것 같다. 바쁜 모양이다. 다친 데가 없어서 다행이라고 생각하며 가슴을 쓸어내리고 있는데, 히로무가 앗! 하고 소리를 질렀다.

"왜 그래, 히로무? 깜짝 놀랐잖아."

"미츠 씨, 저기 봐요……."

히로무가 가리키는 방향을 보니, 남자가 쓰러졌던 도로에 1만 엔짜리 지폐가 몇 장 떨어져 있었다.

히로무는 재빨리 지폐 쪽으로 달려가서 줍기 시작했다.

"아싸! 미츠 씨, 8만 엔이나 돼요!"

나는 얼른 주운 8만 엔을 바지 주머니에 넣는 히로무의 손을 잡고, "안 돼, 파출소에 가자"라고 했다.

"왜요? 돈이 이만큼 있으면 차에 오는 아이들에게 과자를 잔뜩 사 줄 수 있고, 아까 그 개한테도 맛있는 먹이를 사 줄 수 있다고요."

"그렇지만…… 그 돈은 히로무 것이 아니잖아."

"딱딱하게 그러지 마요, 미츠 씨답지 않아요. 미츠 씨, 경찰도 아니면서."

"어쨌든 그 돈은 파출소에 갖다주자. 갖다줘야 돼."

히로무는 마지못해 "알겠어요." 하며, 주운 8만 엔을 내게 건넸다.

그리고 그곳에서 가장 가까운 파출소로 가니, 입구에 경찰이 한 명 서 있는 것이 보였다. 히로무는 도서관 차의 창으로 경찰을 향해 "충성." 하고 경례를 했다. 경찰이 등을 곧게 펴고 "수고하십니다!" 하고 씩씩하게 경례해서, 장난으로 했던 히로무는 조금 당황하는 모습이었다.

파출소 안에서 필요한 서류에 정보를 써 넣은 뒤, 근처에 소매치기 등의 피해가 없었는지 물어보았다. 딱히 그런 보고는 없다고 했지만, 만일을 위해 나는 도서관 차에 부딪힌 남자의 특징을 경찰에게 전했다.

그러자 그 모습을 보고 있던 히로무가 이런 말을 했다.

"미츠 씨, 꼭 경찰 아저씨 같네. 인상은 나쁜데."

나는 히로무의 통찰력에 놀랐다. 왜냐하면……

"미츠 씨, 전직 형사야."

응대하던 경찰이 내 신상을 히로무에게 전했다.

히로무는 "네?" 하고 내 얼굴을 보더니 "뭐야, 그래서 정식으로 경례했구나. 나한테가 아니라 미츠 씨한테 한 거였군요." 하고 경찰에게 말했다.

어딘가 존경스러운 눈으로 본다고 느낀 것은 내 착각일까. 그러나 히로무는 이내 평소대로 돌아가서, "미츠 씨 짱 멋있네! 총 같은 것 쏴 봤어요? 폭탄은? 폭탄 본 적 있어요?" 하고 양손으로 권총 든 포즈를 하더니 "빵." 하고 쏘는 시늉을 했다.

나는 히로무의 질문에 대답하지 못했다. 대답하고 싶지 않은 이유가 있었다.

"자, 히로무, 다음 공원으로 가자. 오늘 간식은 팥 도넛이야."

5년 전 어느 날의 사건을 떠올리고 싶지 않아서, 경찰과 인사를 나눈 나는 재빨리 도서관 차에 올라탔다.

"대박, 나…… 이렇게 큰돈을 주워서 어쩌지……."

편의점에서 아르바이트를 시작한 지 일 년. 월수 13만 엔인 내가 300만 엔이란 큰돈을 주웠다.

아니, 정확하게는 301만 엔이었지만, 이상한 캠핑카에 부딪히는 바람에 종이 가방에서 지폐 몇 장이 도로에 흩어져 버렸다. 몸의 오른쪽 반이 조금 아팠지만, 그래도 바로 일어설 수 있었다. 학생 시절 유도부에서 단련한 덕분일지도 모른다.

어쨌든 그 자리에서 벌떡 일어난 나는 흩어진 지폐를 그대로 두고 뛰어갔다.

그리고 아르바이트를 하는 편의점에 도착하자, 탈의실 사물함 제일 구석에 큰돈을 쑤셔 넣고 일부러 더러운 수건을 덮어 놓았다.

"이 돈…… 어떻게 하면 좋을까."

내 이름은 마지마 리쿠. 스물여덟 살. 역에서 조금 떨어진 편의점에서 아르바이트를 하지만 딱히 큰 꿈이나 목표가 있어서 일하는 건 아니다.

스물다섯 살 때 밴드를 해산하고, 나한테는 음악 재능이 없다는 것을 확신한 뒤로는 목표도 없고 아무 생각도 없이 그날그날 아르바이트를 하고 있다.

지금 가장 빠져 있는 것은 스물여덟 살에 처음 생긴 여자 친구다.

"그래, 이 돈이 있으면 그녀의 꿈을 이루어 줄 수 있어."

애완동물 미용실에서 일하는 그녀는 강아지 미용사인데, 언젠가 자기 가게를 내는 것이 꿈이라고 처음 만났을 때부터 얘기했다.

나보다 조금 연상이지만, 목소리도 얼굴도 귀엽고 나이보다 어려 보인다. 그리고 아이와 동물을 아주 좋아한다. 내가 일하는 편의점에 손님이었던 그녀는 언제나 방글방글 웃으면서 "수고 많네요"라고 말을 걸어 주었다. 나는 평생 쓸 용기를 다 쥐어짜서 그녀에게 고백했다.

그랬더니 이런 나의 어디가 좋았는지 모르겠지만, 순순히 교제를 시작해 주었다.

그녀가 나와 사귀어 주는 것은 기적일지도 모른다. 그러나 그런 기적이 이어지도록, 나는 그녀의 꿈을 이루어 주고 싶다. 다만 어떻게 그 사실을 전해야 좋을지.

큰돈을 주웠다고 솔직하게 말하면, 성실한 그녀는 경찰에 신고하라고 할지도 모른다.

아무리 그래도 설마 그런 순간에 만나게 될 줄이야……

30분 전

"예? 200만 엔으론 부족하다고요? 100만 엔 추가할 수 없냐고요?"

은행 현금지급기에서 월급이 입금됐는지 확인하고 있는데, 옆 칸에 있는 사람이 휴대전화로 얘기하는 소리가 들렸다.

명백히 수상한 대화를 하고 있는 남자는 휴대전화를 어깨와 귀 사이에 끼우고 화면을 조작했다. 아래를 보고 있어서 얼굴은 보이지 않았지만, 60대 정도 되는 초로의 남자 같았다.

'어이어이, 아저씨 괜찮아? 이거 사기당하는 거 아냐?'

그런 오지랖으로 옆 칸 상태를 엿보고 있는데, 카드 몇 장으로 몇 차례에 걸쳐 돈을 인출하더니 손잡이가 달린 작은 종이 가방 안에 넣었다.

아르바이트 시간까지 아직 조금 여유가 있어서 나는 그 남자의 뒤를 쫓아 보기로 했다.

흰 셔츠에 얇은 갈색 바지를 입은 초로의 남자는 그리 돈이 있어 보이지 않았다. 아니, '가난해 보인다'라는 말이 맞을지도. 그런 남자가 300만 엔이나 되는 큰돈을 어디 가져간다는 것일까. 나는 흥미를 갖고 남자를 따라갔다.

은행에서 몇 분 걸어서 일방통행인 상점가도 지나고, 역 남쪽 출구로 이어진 좁은 터널을 빠져나갔다. 작은 산을 도려낸 듯한 동굴 같은 터널이다.

'이런 뒷길이 있었구나.'

동굴 같은 터널을 빠져나가서 2~3분 정도 걸어가자 왼쪽에 벤치가 오도카니 놓인 작은 공원이 있었다. 남자는 그 공원 벤치에 앉더니 얇은 갈색 바지 주머니에서 손수건을 꺼내, 이마와 목에 흐르는 땀을 닦았다.

나는 자연스럽게 벤치 뒤에 있는 화장실에 들어갔다. 그리고 칸 안에서 작은 창으로 창밖 모습을 지켜보고 있으니, 남자의 휴대전화가 울렸다.

"여보세요, 예. 지시한 곳에 있습니다. 지금 막 도착했어요."

남자가 전화를 끊고 1분도 되지 않아서 검은 재킷을 입은 남자가 공원에 나타났다. 한여름인데 긴팔 재킷에 헐렁한 청바지를 입고 옆구리에 검은색 파우치 같은 것을 낀 그 남자는 어디서 어떻게 봐도 수상한 분위기를 풍겼다.

두 사람은 간단한 인사를 나눴다. 그런 뒤 초로의 남자가 300만 엔이 든 종이가방을 건네면서 이런 말을 했다.

"아들이 폐를 끼쳐서 죄송합니다. 이걸로 정말 괜찮겠지요? 300만 엔 있으면 아들이 회사에 폐 끼친 걸 없었던 일로 해 주시는 거죠?"

검은 재킷을 입은 남자는 300만 엔이 든 종이 가방을 한 손으로 받으면서 "뒷일은 맡겨 주세요. 아드님이 저지른 일은 제가 책임지고 처리할 테니"라고 했다.

초로의 남자가 "고맙습니다. 그리고 저기…… 아들하고 연락을 하고 싶습니다만……"이라고 하자, 검은 재킷을 입은 남자가 담배에 불을 붙이면서 "알겠습니다. 그럼 이따가 본인한테 연락하라고 전하죠. 야단치지는 마세요. 아마 생활이 힘들었던가 봅니다. 궁지에 몰려서 그랬겠죠." 하고 그럴듯하게 말했다.

이 자리에 있는 사람이 설령 초등학생이어도 수상하다고 느꼈을 것이다. 왜 저 초로의 남자는 자신이 속고 있는 것을 눈치채지 못할까? 아니면 정말 아들이 무슨 문제를 일으킨 걸까.

그때, 초로의 남자가 바지 주머니에서 지갑을 꺼내, 안에서 1만 엔짜리를 꺼내더니 남자에게 내밀었다.

"이것도 아들한테 전해 주세요. 이건 용돈이라고……."

몇 번이고 머리를 숙이면서 초로의 남자는 그렇게 말했다.

1만 엔짜리 지폐를 받아든 남자는 "알겠습니다." 하고, 정중한 말투와는 달리 받은 돈을 종이 가방에 아무렇게나 던져 넣었다.

그리고 초로의 남자는 방금 왔던 길을 되돌아갔다.

나는 어떻게 해야 할까. 일련의 대화로 보아, 이것은 확실히 사기다. 그 남자의 아들이 무슨 문제를 일으켰다 해 놓고 돈을 갈취하는 수법이 아닐까. 이대로 경찰에 신고해야 할까. 아니, 그러나 정말로 그 아들이 문제를 일으킨 거라면 일이 커질지도 모른다……

이런저런 생각을 하고 있는데, 검은 재킷을 입은 남자가 내가 있는 공중화장실에 들어오더니 세면대 근처에서 누군가에게 전화를 걸었다.

"아, 여보세요. 나야. 아, 괜찮아. 여긴 전부 잘됐어. 고독한 노인네, 순순히 돈을 내놓네. 그쪽은?"

문을 살짝 열고 남자의 상태를 엿보니, 그는 거울 앞에서 수염을 쓰다듬으면서 사기꾼 동료와 얘기를 나누고 있다. 그때, 상대가 뭐라고 했는지 모르겠지만, 갑자기 거칠게 소리를 질렀다.

"헉! 뭐라고? 너, 뭐하는 거얏! 그쪽은 2천만 엔짜리 봉이라

고! 웃기지 마! 지금 어디야! 뭐? 알았어. 당장 갈 테니까 꼼
짝하지 마!"

초로의 남자와 얘기할 때와는 180도 달라져서 딴사람 같은
말투다.

아마 사기꾼 동료가 문제를 일으킨 모양이다. 남자는 거울 앞
에 내려놨던 파우치를 낚아채듯이 들고 화장실을 뛰쳐나갔다.
나는 그 자리에 있기가 무서워서 얼른 아르바이트하러 가려
고 칸 밖으로 나왔다. 그랬더니 남자가 파우치만 들고 간 다
음 세면대에 종이 가방이 덩그러니 놓여 있었다. 조심스레 안
을 보니 셀 수 없을 정도의 1만 엔짜리 지폐가 들어 있다. 틀
림없다. 그 초로의 남자에게 사기 쳐서 받은 300만 엔이다.

공중화장실을 나와서 검은 재킷의 남자 모습을 찾았지만, 어
디에도 보이지 않았다. 동료가 말썽을 일으켜서 초조해진 남
자는 파우치만 들고 가 버린 것이다.

지금 이 돈을 가져가도 아무한테도 들키지 않을 거야.

나는 그렇게 확신했다.

쿵쾅, 쿵쾅, 심장이 튀어나올 정도로 심하게 뛰었다. 조금 더
있으면 돈을 잊고 간 남자가 돌아올지도 모른다. 아니면 사기
꾼한테 속은 걸 눈치 챈 초로의 남자가 이 자리를 찾아올지

도…….

공중화장실 주변을 둘러보니 방범 카메라도 설치되지 않았다. 이런 작은 공원에서 돈을 주고받은 일이 있었다고는, 아무도 생각하지 못할 것이다.

지금밖에 없다!

나는 입안에 고인 침을 꿀꺽 삼키고, 종이 가방을 들고 마구 달렸다. 숨을 못 쉴 정도로 달리고 달려서 폐가 아플 정도였지만, 그래도 무작정 달렸다.

그리고 좁은 도로를 건너려고 할 때, 캠핑카 같은 이상한 차에 부딪히고 말았다.

"이봐요, 괜찮아요?"

캠핑카에서 50대 정도의 남자가 내리더니, 도로에 쓰러진 내게 말을 걸었다. 등 뒤에는 초등학생으로 보이는 노란 머리 소년이 서 있다.

몸의 오른쪽 반을 심하게 부딪혔지만, 아픔을 느낄 여유도 없고 도로에 흩어진 몇만 엔을 주울 여유도 없다. 어쨌든 이 자리에서 떠나야 한다!

나는 큰돈이 든 종이 가방을 안고 아르바이트하는 곳으로 냅다 달렸다.

현재

아르바이트를 마치고 가게를 나오는 순간, 모두가 나를 보는 듯한 기분이 들었다.

동료 점원도, 손님도, 길을 가는 사람들도, 모두 나를 보는 것 같았다.

역시 이 돈은 경찰에 갖다주어야 하나……

망설이면서 집으로 돌아가고 있는데 언제나 그냥 스쳐 지나가던 애견 가게에 '폐점 세일'이라는 종이가 눈에 들어왔다.

진열장을 들여다보니 '생후 1년'이라고 적힌 하얀 소형견 한 마리만 남아 있었다.

왠지 모르게 마음이 쓰여서 그 개를 보고 있는데, 애견 가게 여성 점원이 가게 밖으로 나와서 내게 말을 걸었다.

"이 하얀 포메라니안 귀엽죠? 좀 크긴 하지만, 사람을 아주 잘 따른답니다."

포메라니안은 그녀가 '가장 키우고 싶은 개'라고 했던 기억이 난다. 월수 13만 엔인 내가 사 주는 것은 도저히 무리라고 생각했는데…… 아니, 잠깐만. 지금이라면 소원을 이루어 줄 수 있을지도…….

애견 가게 점원은 "이 강아지가 마지막으로 남았어요." 하고 부추겼다.

나는 문득 머리에 떠오른 의문을 던져 보았다.

"만약 팔고 남으면 이 강아지는 어떻게 됩니까?"

"팔고 남으면……요? 글쎄요, 주인을 찾고 있지만, 못 찾으면 봉사 단체에 맡기거나 그것도 무리라면…….''까지 말하다가 점원은 입을 다물었다.

"그것도 무리라면……?"

"……이 아이는 커서 불쌍한 운명을 걷게 될지도…….''

불쌍한 운명.

그건 안락사시킨다는 말인가.

팔다 남은 개는 결국 태어나서 죽을 때까지 하늘 한번 보지 못하고, 땅 한번 돌아다니지 못하고, 짧은 삶에 종지부를 찍어야 하는가?

안타까워하고 있는데, 점원은 믿을 수 없는 말을 했다.

"생물이긴 하지만, 상품이니까요……. 어쩔 수 없는 일이죠."

상품? 어쩔 수 없는 일?

생물의 가치가 뭘까?

생명의 가격은 얼마일까?

동정을 사려는 세일즈는 정말 싫지만, 지금 나는 적어도 눈앞의 포메라니안을 구원할 수 있다. 구원이라는 아름다운 것은 아닐지도 모르지만, 여기서 꺼내 줄 수 있다.

"이 개, 얼마에 줄 건가요? 세일이죠? 내가 데리고 갈게요. 아, 집으로 가니 포장은 필요 없어요."

빈정거리는 내 말에 점원은 쓴웃음을 지으면서 "감사합니다!"라고 했다.

조금 큰 포메라니안은 내 한 달치 월급과 같은 액수였다.

나는 손에 땀을 흘리면서 종이 가방 속에서 지폐 열세 장을 꺼냈다.

앞뒤 생각하지 않고 사 버렸지만, 지금 사는 다세대 주택은 애완동물 금지다. 부디 짖지 말아 줘! 기도하면서 하룻밤을 보내고, 다음 날은 만일에 대비해 애완동물 호텔에 녀석을 맡기고 출근했다. 여기서 또 남의 돈에 손을 대고 말았다. 그러나 다세대 주택의 한 집이 주인집이어서, 동물 우는 소리가 들리면 멋대로 열쇠를 열고 들어갈지도 모른다. 사고방식이 낡은 사람이어서 사생활 침해란 말은 통용되지 않을 테니.

출근한 뒤 두 시간이 지났을 무렵, 늘 하던 대로 잡지를 진열

하고 있는데 선글라스를 낀 양아치 같은 남자가 들어왔다.

그 남자는 잡지를 정리하는 내 쪽으로 저벅저벅 다가와서 작은 소리로 이렇게 말했다.

"당신, 엄청난 돈을 갖고 있지? 나, 어제 다 봤어."

나는 뱀에 물린 개구리처럼 그 자리에서 움직일 수 없었다. 그리고 들고 있던 잡지를 바닥에 떨어뜨린 것도 모르고, 선글라스 너머 남자의 시선에 겁을 먹었다.

＊

"히로무, 너는 말이야, 만화 말고는 책을 읽지 않냐?"

팥 도넛을 입안 가득 물고 있는 히로무에게 물어보았다.

"네, 안 읽어요."

"바로 대답하네."

"그렇게 작은 글씨 읽으면 머리가 아파진단 말이에요."

히로무의 그런 대답이 나는 싫지 않다. 아니, 오히려 좋아한다. 옛날에는 히로무처럼 천진난만한 아이도 많았지만, 요즘은 이상하게 간식을 사양하는 아이들이 더 많아서 줘도 손도 대지 않고 가 버리는 아이가 있다.

입 주위에 하얀 설탕을 잔뜩 묻힌 히로무가 "미츠 씨 있잖아요……" 하고 진지하게 말을 걸어 왔다.

"뭔데? 대머리네 뚱보네 하는 욕은 그만해. 알겠지만, 난 상처를 잘 받는 성격이야."

"그런 게 아니라요, 미츠 씨는…… 이름이 뭐예요?"

"뭐? 히로무, 너하고 만난 지가 그럭저럭 2년이 다 됐는데 설마…… 여태까지 내 이름을 몰랐냐?"

"아, 별로 흥미도 없었고."

"흥미 없다니…… 대머리라고 놀리는 것보다 더 상처받네. 뭐, 됐고, 내 이름은 이가와 고타로井川光太朗야."

"네? 고타로光太朗? 어디에도 '미츠'라는 이름은 들어가지 않잖아요!"

"고타로의 '고光'를 미츠라고 읽은 사람이 있어서 말이다. 그후로 다들 '미츠 씨'라고 불러."

"헐, 그 사람 진짜 바보네."

"그런 말 하지 마. 난 이 이름이 좋으니까. 쇼와昭和스러운 냄새가 나지만, 따뜻한 느낌이 나서 좋아."

"아아" 하고, 전혀 흥미 없다는 투로 대답하면서 히로무는 팥
도넛을 해치웠다.

다른 아이들도 간식을 다 먹고, 각자 마음에 드는 책을 읽기
시작했을 때, 자원봉사자인 아미가 도서관 차로 들어왔다.

꽃무늬 앞치마를 두르고, 웃는 얼굴로 "안녕~" 하고 아이들에
게 말을 걸며 온 아미는 애견 미용사다. 한 달쯤 전에 지인을
통해 이동도서관을 알게 되어 이따금 과자 등을 들고 온다.

"어머나, 오늘 간식 벌써 끝났어요?"

"아미 씨, 여기 있는 장난꾸러기 녀석도 아까 똑같은 말을 했
어요."

장난꾸러기 녀석 히로무는 들리면서 들리지 않는 척하고 만
화책을 보고 있다.

"나 쿠키 갖고 왔는데. 그렇지만 간식을 다 먹었다면……"

"먹을래요!"

들리지 않는 척하고 있던 히로무가 제일 먼저 대답했다.

아미와 히로무는 초면이지만, 히로무의 사전에 '낯가림'이란
말은 존재하지 않을지도 모른다.

아미는 빙그레 웃으며 모두에게 쿠키를 나눠 주었다.

올해 서른이라는 아미는 나이보다 어려 보인다. 목소리가 높

고, 동그란 얼굴에, 어느 모로 보나 '다정한 언니' 분위기다.
그런 아미는 최근 연하의 남자 친구가 생겼다고 만면에 미소
를 지으며 말했다. 편의점에서 일하는 프리터라고 하는데, 그
말을 들었을 때 만난 적도 없는 그에게 질투심이 솟구쳤을 만
큼, 아미는 매력적인 여성이다.

"저어, 누나, 저기 있는 다리 짧은 개는 누나 개예요?" 히로무
가 아미에게 물었다.

"아, 저 아이는 닥스훈트라는 견종인데, 내가 일하는 애견 미
용실에 온 아이야. 그런데……"

아이들에게 쿠키를 나눠 주던 아미의 손이 멈추었다.

"사정이 있어서 지금은 내가 데리고 있어."

"사정이?"

히로무가 되묻자 아미는 안타까운 표정으로 이야기했다.

"주인이 데리러 오지 않아……."

"무슨 말이에요? 주인이 버린 거라는 뜻?"

"버렸는지 어쨌는지는 모르겠지만."

"아녜요, 분명히 버렸을 거야."

아미가 이야기하는 도중에 히로무는 그렇게 단언하고, 간식
먹는 손을 멈추었다.

"어른들은 정말로 제멋대로라니까."

어쩌면 아미가 데려온 개와 자신을 동일시한 게 아닐까. 어릴 때부터 시설에서 자란 히로무는 '어른=제멋대로인 생물'로 뇌에 입력된 게 아닐까.

아미는 등을 돌린 히로무에게 확신에 차서 강하게 말했다.

"주인은 꼭 데리러 올 거야."

그러자 히로무는 "어떻게 알아요?" 하고 조금 시비조로 아미에게 말했다.

"왜냐하면 저 아이, 아주 착한 아이거든. 분명히 주인에게 사랑받으며 자랐을 거야. 그러니까 아마 무슨 사정이 있어서 데리러 오지 못하는 거라고 생각해."

히로무는 "아, 네." 하고 이해했는지 어떤지 모를 대답을 하고, 다시 만화를 읽기 시작했다.

나는 그런 식으로 사람을 믿는 아미를 존경한다. 이 이동도서관에 자원봉사를 하겠다고 했을 때도, 진지함과 선함을 느끼고, "부탁합니다!"라고 했다. 어린아이에게는 천천히 그림책을 읽어 주기도 하고 함께 그림을 그리기도 했다.

아미는 어릴 때부터 엄마와 둘이 살았기 때문에 퇴근하고 오는 엄마를 혼자 기다리는 밤도 많아서 외로웠다는 얘기를 한

적이 있다. 여기 오는 아이 중에는 아미와 마찬가지로 외로운 아이도 적지 않다. 그래서 아미는 조금이라도 아이들에게 다가가고 싶다고 했다. 말 없는 동물에게도, 아마 같을 것이다.

어쩌면 아미라면 히로무의 얘기 상대가 돼 줄지도. 고독에서 벗어난 아미라면 한 마리 늑대인 히로무의 마음에 뚫린 구멍을 메워 줄지도 모른다.

쿠키를 다 나눠 주고 개를 데리고 돌아가는 아미를 지켜보면서, 문득 그런 생각을 했다.

전에 히로무가 사는 시설 선생님과 얘기를 할 기회가 있었는데, 히로무는 세 살쯤부터 시설에서 생활하고 있다고 했다. 자세한 이유는 모르겠지만, 어릴 때부터 고독감을 안고 있었음은 상상할 것까지도 없다.

타인과 깊이 관계하지 않으려고 하는 것은 가족에 관해 묻는 게 싫어서일까.

나처럼 주소도 없고 어디서 왔는지도 모르는 떠돌이라면 조금은 마음을 허락해도 된다고 생각한 걸까.

어쩌면 히로무는 이동도서관을 자기의 안식처라고 생각할지도 모른다.

책을 읽는 것도 아니고, 다른 친구와 얘기를 즐기는 것도 아니고, 불쑥 와서 간식을 먹고 만화책을 휘리릭 읽고 돌아간다. 잠시라도 마음을 해방시킬 수 있는 안식처라고 생각해 주는 걸까.

해도 저물기 시작하고, 공원 스피커에서 오후 5시를 알리는 종이 울렸다.

"안녕, 미츠 씨."

"아, 또 와라. 히로무."

"아, 참. 미츠 씨는 도서관 차 닫은 다음에 뭐 해요?"

드물게, 히로무가 내 사생활에 관해 물었다.

"나? 나는 이다음 일을 하지."

"일?"

"응, 이동도서관은 취미 같은 거니까. 먹고살기 위해서는 돈을 벌어야 해서 밤에는 빌딩 경비원을 하고 있어. 매일은 아니지만."

"우와~" 하더니, 두 손을 바지 주머니에 찔러 넣고, 이렇다 할 작별 인사도 없이 히로무는 돌아갔다.

오늘 하루 일을 돌이켜보지도 않고, 주운 돈 얘기도 없이, 지나가는 바람처럼 돌아갔다.

남에게 미움받는 걸 두려워하지 않는 사람은 남한테 환심을 사려고 하지도 않지만, 히로무도 마찬가지로 남한테 환심 사는 태도를 보인 적이 없다.

과거, 규칙을 우선하여 살았던 나는 열한 살 히로무의 그런 점에 동경조차 느꼈다.

어쩌면 그가 계속 파 온 고독이라는 이름의 마음의 구멍은 우리가 상상하는 것보다 훨씬 깊을지도 모른다.

다음 날

"히로무, 돌아왔으면 '다녀왔습니다' 인사 정도는 해. 그리고 너 통금 시간 지났어."

"또 잔소리."

시설 원장은 내가 어릴 때부터 잔소리가 많다.

손 씻어라, 인사해라, 옷 개라, 숙제해라, 친부모 이상이지 않을까.

그러고 보니 전보다 흰머리가 부쩍 늘어난 것 같다. 원장은 몇 살일까. 내가 여기 왔을 때 아마 마흔이었으니 이제 쉰을 넘었나.

일일이 나이를 셀 수는 없지만, 많이 늙은 것 같다.

"잔소리꾼 아줌마……."

혼잣말이었는데, 원장 귀에 들렸는지 곁눈으로 내 쪽을 노려보았다.

"아, 네네, 언어 사용 조심하겠습니다."

"알면 됐어, 히로무."

"저기, 원장님. 부탁이 있는데요."

"뭔데? 히로무가 부탁을 다 하다니 어쩐 일이래."

"저기…… 개 키워도 돼요?"

"개?"

"네, 시설을 잘 지키는 개가 될 거예요."

나는 계속 묶여만 있는 그 개를 이곳에서 키울 수 없을지 밑
져 봐야 본전이라는 생각으로 물어보았다.

"생물은, 무리야……."

"나도 생물이잖아요."

"너는 사람이잖아?"

"개와 사람은 뭐가 달라요?"

"시설에서는 집단생활을 하잖아. 동물 알레르기가 있는 아이
도 있거든."

"나는 원장 알레르기 있는데."

"……히로무, 네가 사실은 마음이 따뜻한 아이란 건 잘 알아.
그러니까 분명 무언가 사정이 있을 거라고˚ 생각하지만, 개를
키우는 건 찬성할 수 없어."

"됐어요."

밑져 봐야 본전이라고 생각했지만, 막상 거절당하니 침울해
진다. 잠시라도 희망을 가지면 이루어지지 않았을 때 충격을

받아서, 무엇엔가 기대하는 일은 하지 않기로 했지만, 그 개는 어떻게든 해 주고 싶었다.

"아아, 빨리 이런 곳 나가서 혼자 살고 싶다아아."

들으란 듯이 말하면서 나는 주방에서 물을 벌컥벌컥 마셨다.

"어머나, 그건 좋은 생각이네. 자립하는 것은 나쁜 게 아냐. 그렇지만 너를 위해서는 학교에 가서 공부부터 해야지."

원장은 들으란 듯이 거실에서 큰 소리로 말했다.

"아, 짱나."

"또 저 말버릇!"

"나 같은 건 태어나지 말았어야 했어."

"또 그런 소리……."

"정말이잖아요, 버릴 거라면 낳지를 말지……."

"히로무, 좀 더 긍정적으로 생각해. 너는 네 인생을 살면 되잖아? 태어났으니 마지못해 살아간다고 생각할 게 아니라, 태어났기 때문에 살아갈 수 있다고 생각하면, 하루하루가 더 즐거울 거야."

"한심하네요. 그런 태평한 생각, 원장님처럼 치매 걸린 아줌마가 아니면 할 수 없다고요."

"태평하건 치매 걸린 아줌마건, 나는 매일이 즐거워. 기분 나쁜 일도 있지만, 내일 아침은 뭘 먹을까, 내일은 일찍 일어나서 산책해야지, 긍정적으로 하루하루를 살다 보면 지금보다 더 즐거워져. 그럼 '태어나길 잘했다' 생각하게 되지 않을까?"

원장이 하는 말의 뜻은 안다. 그런데 머릿속에서 멈추고 마음까지 와 닿지 않는다.

나는 다른 사람들과 출발선이 다르다. 원장의 사고방식은 인생의 출발선이 행복한 사람의 사고방식이라고 생각한다. 나의 출발선은 부모에게 버려진 데서부터였으니 제로 이하의 최악이다. 그런 최악인 인생에서 내일의 희망을 가지라고 한다고 희망이 생길 리 없다.

원장이 물을 다 마신 내 옆에 와서 이런 말을 했다.

"히로무, 꿈을 가져."

평소와 달리 진지한 얼굴로 원장은 나를 보았다.

"네? 장난 쳐요? 꿈 따위 가져 봤자 아무 의미 없잖아요."

"어째서?"

"이루어질 리 없잖아요."

"설령 이루어지지 않는다고 해도 꿈을 좇을 수는 있어. 언젠가 이루어질 거라는 꿈을 갖고 계속 꿈을 꾸며 인생을 전진할 수 있다고 나는 생각해. 히로무도 진취적으로 살길 바라."

뭔지 모르게 평소와 분위기가 다른 원장이 조금 낯설게 느껴졌다.

"그러니까 아무리 작은 꿈이어도 좋으니 꿈을 가져. 이를테면 '언젠가 개를 키우는 집에 살아야지' 하는 꿈도 멋지잖아."

"언젠가?"

"그래, 인생은 길어. 언젠가 개와 살기 위해 지금 열심히 사는 거야."

"늦단 말이에요……."

"응?"

"언젠가는 늦다고요! 지금이 아니면 안 된다고요!"

나는 싱크대에 컵을 힘껏 내려놓고 신발을 신고 시설을 뛰쳐나왔다.

역시 나는 그 묶인 채로 사는 개와 마찬가지다.

부모 대신 원장과 선생님이 돌봐 주지만, 진짜 가족이 아니다.

이곳을 나가고 싶지만, 갈 데도 없고 꺼내 줄 사람도 없다.

차라리 누구한테 유괴당하고 싶다. 어릴 때부터 그런 생각을 곧잘 했다.

그 개도 마찬가지다. 언젠가 하늘을 보고 싶다는 생각을 하며 살아왔을지도 모른다. 하지만 현실은 좁은 창고 안에 묶인 처지이고, 하늘은 아무리 올려다봐도 보이지 않는다. 아무리 줄을 잡아당겨도 그곳에서 빠져나갈 수 없다. 그 개의 일생은 고독과의 싸움으로 끝나 간다. 아니, 이미 싸우는 것조차 포기했을지도…….

자신의 의사와 관계없이 머무는 것을 안식처라고 하나.

아니면 자기가 발견한 마음 편한 공간을 안식처라고 하나.

어느 쪽이건 내게는 안식처가 없다.

마음껏 울 수 있는 안식처가 없다.

굳이 말하자면 미츠 씨가 하는 이동도서관은 학교도 아니고 시설도 아니고, 뜨뜻미지근한 가정도 아니고, 현재 가장 편안한 곳이다. 어째선지 이유는 모른다. 하지만 미츠 씨와 나는 비슷한 것 같다. 나이도 다르고 얼굴도 성격도 닮지 않았고, 공통된 건 하나도 없지만, 그러나 뭔지 모르게 그런 느낌이 든다.

시설을 뛰쳐나와서 미츠 씨가 있는 공원 쪽으로 걸어가고 있는데 자원봉사자인 아미 씨가 맡고 있는 개를 산책시키고 있었다.

"히로무……였던가? 무슨 일이야? 이렇게 늦은 밤에…… 혼자야?"

괜한 걱정으로 원장한테 연락할지도 몰라서 거짓말을 했다.

"4초메 광장에 유기견 강아지가 있어요. 그 녀석한테 먹이를 주러 가려고요. 먹이만 주고 바로 올 거예요."

"어머, 강아지가…… 딱하게도……. 그럼 나도 같이 갈게."

"네? 아, 아뇨. 나 혼자 가도 돼요. 미츠 씨하고 만나기로 했으니까."

"미츠 씨를?"

"네."

나는 또 한 번 거짓말을 했다.

거짓말은 도미노 같다. 한 개 툭 건드리면 의사와 관계없이 타다다다 멀리까지 쓰러진다. 한 개만 쓰러져 주면 좋을 텐데 그럴 수 없다. 어, 하는 사이에 큰 것까지 쓰러져서 눈앞이 텅 빈다. 거짓말은 하면 할수록 사람의 마음을 텅 비게 하는 것일지도 모른다. 하지만 누군가를 구하기 위한 거짓말이라면, 도미노처럼 되지 않을 것 같다. 빽빽하게 서 있는 거대한 도미노 벽을, 어느 하나만 쓰러뜨려서 저쪽 세계로 도망칠 수 있다……. 그런 기분이 들었다.

그렇게 생각하면 거짓말은 '절대적으로 나쁜 것'이 아닐지도. 그러나 지금 내가 아미 씨에게 한 거짓말은 그냥 내가 편하기 위한 거짓말이지, 누구를 구하기 위한 거짓말이 아니다. 한 개 툭 건드린 도미노가 타다다다 소리를 내며 쓰러지는 것 같은 기분이 들었다.

"미안해요. 유기견 강아지가 있다는 건 거짓말."

"거짓말?"

"네, 나 원장하고 싸워서 시설에서 뛰쳐나온 거예요."

"그랬구나……. 그럼 미츠 씨하고 만나기로 한 것도……?"

"약속한 건 아니지만, 만나러 가려고 생각한 것은 사실."

그건 본심이었다. 미칠 것 같은 마음을 미츠 씨한테 털어놓고 싶었다.

"그럼 역 뒤에 있는 건설 중인 빌딩에 간다는 말이야?"

"미츠 씨 역 뒤에서 일해요? 어디서 일하는지 몰라서 도서관 차를 찾아다니려고 생각했어요."

"그랬구나. 그럼 같이 갈까. 우리 집도 역 건너편이니까."

거절할 이유도 없어서 나는 아미 씨와 함께 걷기 시작했다. 그리고 옆에 데리고 가는 개에 관해 물어보았다.

"이 개 주인, 아직 데리러 안 왔어요?"

"응…… 아직."

"분명히 안 올 거예요."

"왜 그렇게 생각해?"

"우리 부모도 데리러 오지 않으니까요. 한 번 버린 걸 굳이 주우러 오는 바보는 없어요."

"오지 않는 게 아니라, 올 수 없는 이유가 있을지도 몰라."

"그런 게 어딨어요."

"그렇지만 나는 믿고 싶어. 이 강아지 주인이 데리러 올 거라고 믿고 싶어."

"모르는 사람을 어떻게 그렇게 믿어요?"

"음, 글쎄, 어쩌면…… 나 자신이 상처 입고 싶지 않아서일지도. 믿는 것은 상처 받지 않기 위해서일지도 몰라. 데리러 오고 싶어도 오지 못하는 것이라고 생각하면, 이 강아지는 버려진 개가 아니게 되겠지? 설령 주인이 평생 오지 못했다 해도."

아미 씨는 남의 개를 위해 그렇게까지 생각하는구나……. 개는 말이 통하지 않으니 주위에 '버림받아서 돌보고 있어'라고 하든, '맡겨 놓고 데리러 오지 않는 못된 주인'이라고 하든 모를 텐데……. 자신이 상처 입지 않기 위해서라고 하면서도 역시 버림받은 개의 마음을 헤아리는 것이다.

"데리러 오지 못하는 사정이 분명히 있을 거야." 하고 진심으로 믿는 아미 씨는 강하고 부드러운 사람일지도 모른다.

아미 씨가 문득 걸음을 멈추고 다리 짧은 개를 쓰다듬으면서 이렇게 말했다.

"게다가 말이야, 믿는 힘은 굉장해. 절대로 무리라고 하는 일도 계속 믿으면 기적을 일으킬 수 있어."

"기적?"

"응, 난 있지, 어릴 때부터 엄마랑 둘이 살아서 늘 외로웠거든. 그래서 동물이라도 키우고 싶었지만, 나는 동물 알레르기가 있어서 그 소원을 이루지 못했는데……"

"네? 그런데 지금은 괜찮아요?"

"응, 안 믿어지지? 병원에 다니면서 나는 꼭 낫는다, 나는 동물을 만질 수 있게 된다, 계속 믿었어. 물론 약으로만 치료된 것은 아니었어. 알레르기 원인이 되는 물질을 일부러 조금씩 체내에 넣어서 알레르기 반응을 일으키지 않도록 몸을 익숙하게 하고, 침이나 한약 같은 현대 의학 이외의 것도 다 시도했어. 그래서 최종적으로 무엇이 들었는지는 잘 모르겠지만, 조금씩, 조금씩 동물을 만질 수 있게 된 거야. 그런데 말이야, 나는 '꼭 낫는다'라고 믿었던 마음이 기적을 일으켰다고 생각해. 게다가……"

"게다가?"

"지금은 그렇게 꿈꾸던 애견 미용사를 하고 있단다. 믿어지니? 남들이 절대로 무리라고 말하는 꿈을 이루었어."

아미 씨는 반짝이는 별에 지지 않을 만큼 눈동자를 반짝거리면서 말했다.

"그러니까 나는 포기하지 않고 계속 믿을 거야. 이 강아지 주인이 데리러 올 거라고……."

아미 씨의 얘기를 듣는 동안 뭔지 모르겠지만, 이 개 주인이 데리러 올 것 같은 느낌이 들었다. 내가 단순한지도 모르지만, 그만큼 강하게 마음이 전해졌다.

"그리고 말이야……"

"꿈을 이룬 덕분에 나는 고독에서 벗어날 수 있었어."

"고독에서요?"

"엄마가 줄곧 일을 나갔기 때문에 나는 종일 혼자 보냈지만, 동물을 만질 수 있게 됐고, 그리고 애완동물 미용사가 되고 싶은 꿈을 이루었잖아. 그랬더니 저절로 동료가 생겼어."

"동료요?"

"응, 같이 울어 주고 웃어 줄 동료. 본심을 서로 이야기하고 어떤 고민도 진지하게 들어 주는 동료야. 나는 내 안식처를 계속 찾아 왔지만, 안식처는 '여기'라는 장소가 아니었던 거야. 함께 울고 웃어 주는 동료와 함께 보낼 공간을 안식처라고 하는구나, 지금은 그렇게 생각해."

아미 씨는 굉장히 강한 사람이라고 느꼈다. 강하기 때문에 신념을 갖고 꿈을 이루었다. 그리고 이렇게 버림받은 동물을 지키고 있다.

나는 그렇게 강하지 않다. 마음이 예쁜 아미 씨에게 나는 심술궂은 질문을 해 보았다.

"그럼 꿈을 이룬 뒤에는 어떻게 할 거예요?"

아미 씨는 개를 쓰다듬던 손을 멈추고, 일어서더니 이렇게 말했다.

"더 큰 꿈을 좇을 거야."

"더 큰 꿈?"

"응, 앞으로의 꿈은 내 가게를 갖는 거야."

"애완동물 미용실?"

"맞아. 그렇지만 그냥 애완동물 미용실이 아니고, 미츠 씨처럼 아이들이 편히 놀러 올 수 있는 공간을 만들고 싶어. 그림책을 잔뜩 갖다 놓고, 동물과 서로 어울릴 수 있는 자리도 만들고……. 모두에게 안식처가 되는 그런 공간이 있으면 멋지겠지?"

반짝거리는 아미 씨의 눈동자는 확실히 별보다 빛났다.

나는 문득 원장의 말을 떠올렸다.

'히로무, 꿈을 가져.'

원장의 말을 부정하는 내게 이런 말도 했다.

'설령 이루어지지 않는다고 해도 꿈을 좇을 수는 있어. 언젠가 이루어질 거라는 꿈을 갖고 계속 꿈을 꾸며 인생을 전진할 수 있다고 나는 생각해. 히로무도 진취적으로 살길 바라.'

아미 씨의 말을 듣고 있으니, 왠지 모르겠지만 원장이 한 말이 그냥 '설교'가 아니라는 느낌이 들었다. 그리고 나를 위해 해 준 말이었을지도……라는 생각이 아주 조금 들었다.

✳

"당신 엄청난 돈 갖고 있지? 나, 어제 다 봤어."

양아치의 말에 놀라 바닥에 떨어뜨린 잡지를 주워 들고,

"무슨 소리……세요?"

잡지를 원래 장소에 돌려놓으면서 태연한 척했다.

"오호." 하면서 선글라스를 벗은 양아치는 탐색하는 눈으로 내 눈을 들여다보았다. 나는 그 돈을 들고 튀는 장면을 들킨 거라고 확신했다.

시선을 견디지 못하고, '이제 한계다!'라고 생각한 순간, 양아치는 이렇게 말했다.

"당신, 어젯밤, 애견 가게에서 개 샀잖아."

"네?"

"이 개, 얼마에 줄 건가요? 내가 데려가겠어요, 하고 100엔짜리 껌 사듯이 가볍게 말하는 것, 내가 봤다고. 멋있더군. 싸지 않았을 텐데. 당신, 어디 사장 아들이야? 그런 큰돈을 종이 가방에 넣고 돌아다니다니, 예사로운 금전 감각이 아냐."

"종이 가방의 돈…… 봤어요? 아니, 저기 나는 사장 아들 그런 것 아니고……."

큰돈을 들키긴 했지만, 가슴을 쓸어내렸다. 돈을 들고 튀는 것을 들킨 게 아니었구나…….

"아무리 그래도 그런 낡아 빠진 다세대 주택에서 개를 키우는 건 어렵지 않아? 주인한테 들키면…… 쫓겨날 텐데?"

"나를 미행했어요?"

"듣는 사람 기분 나쁘게 그렇게 말하지 마. 마지마 도련님."

그렇게 말하고 양아치는 내 가슴에 달린 이름표를 손가락으로 톡 쳤다.

"마지막 도련님, 소중한 강아지와 살 수 있는 좋은 물건 소개해 줄게."

"네? 부, 부동산 가게 하세요?"

"아니, 아니, 내 본업은 심부름센터 사장이야. 하지만 부동산도 손대고 있지. 당신한테 아주 좋은 물건을 특별히 소개해 줄게."

"그렇지만…… 저, 정말로 부잣집 아들 아닙니다……."

"자, 자, 물건 보는 건 공짜니까 근무 끝나면 같이 가 보자고."

어떡하지……. 괜히 거절했다가 계속 미행이라도 당하면 곤란하다.

미행하는 동안 그녀의 존재도 눈치 채고, 집과 편의점에 오기라도 한다면 민폐고……. 아, 재수 없네! 큰돈을 주워서 행운이라고 생각했더니 이런 양아치 눈에 걸리다니……. 개 따위 사는 게 아니었어…….

"알겠습니다. 그럼 그 물건을 보겠습니다. 오늘은 밤 9시까지 근무인데, 그렇게 늦은 시간에도 물건을 볼 수 있나요?"

"문제없지. 내가 관리를 맡은 맨션이라서 밤이어도 상관없어.

그럼 마지마 도련님, 9시에 다시 올게, 잘 부탁해. 아, 내 이름은 곤노라고 해, 기억해 두시게."

곤노라는 양아치는 다시 선글라스를 끼고, 100엔짜리 껌을 하나 사서 가게를 나갔다.

화려한 노란색 알로하셔츠를 입은 곤노는 대략 40대 중반쯤 됐을까.

그보다 밤늦게 저런 양아치와 둘이서 집으로 가서 공갈이라도 당하면 어떡하지. 집까지 따라와서 어제 주운 돈을 낚아채 가면…….

그러나 껄렁껄렁한 분위기이긴 하지만, 그렇게 나쁜 사람 같지 않다. 나의 시원찮은 감이 맞을지 어떨지 모르겠지만.

오후 9시. 일을 마치고 편의점 밖에서 애완동물 호텔에 하루 더 맡기겠다고 전화를 하는데, 뒤에서 어깨를 툭 쳤다.

돌아보니 그 노란 알로하셔츠를 입은 곤노가 "안녕." 하고 손을 쫙 펴고 밝게 인사했다.

전화를 끊은 나는 "안녕하세요." 하고 지극히 밋밋하게 인사했다.

"마지마 도련님, 어제 산 개 애완동물 호텔에 맡겼어?"

"네, 뭐……. 그 집은 보시다시피 작고, 애완동물 금지여서."

"근데 왜 개를 산 거야? 못 키우는 걸 알면서?"

"어…… 일단 그 도련님이란 말 좀 그만두지 않겠어요? 난 부잣집 아들도 뭣도 아니니까."

"무슨 겸손의 말씀을. 편의점 알바만 해서 그런 고급스러운 개를 충동구매할 수는 없지. 부모님이 보내 주는 돈이 있을 거야."

"아뇨, 정말로 부자도 뭣도 아니지만……."

"일단 그렇게 해 두지. 그럼 마지마 군이라고 부르면 되겠나. 그 고급 개와 함께 지낼 최고의 물건을 마지마 군에게 소개하지! 따라오슝."

그렇게 말하고 곤노는 미니쿠페라는 작은 차 운전석에 올라탔다. 지붕 위에는 영국 국기가 그려져 있었다.

"마지마 군도 얼른 타! 주차 위반 딱지 끊기면 곤란하니까."

노란 알로하셔츠와 영국 국기라는 엉망진창 센스에 위화감을 느끼면서 곤노가 운전하는 미니 쿠페 조수석에 탔다.

두 역 정도 달리더니, 곤노는 20분에 100엔짜리 코인 주차장에 차를 세웠다.

그곳에서 1분 정도 걸어간 곳에 있는 맨션 앞에서 곤노는 "여기야." 하고 말했다.

그 맨션은 최상층을 올려다보려면 목이 아프지 않을까 싶을 만큼 고층이었다. 한 20층은 될 것이다.

"마지마 군한테 소개할 집은 701호야. 어때, 러키세븐 7층. 행운의 숫자잖아?"

입을 떡 벌리고 있는 내게 곤노는 집 설명을 했지만, 내 귀에는 아무런 정보도 들어오지 않았다.

입구의 도어록을 열고 반짝거리는 엘리베이터를 타고 7층까지 가니, 그 층에는 두 집밖에 없고, 702호는 거주 중이라고 했다.

열쇠는 명함 같은 얇은 카드로 문 옆에 있는 투입구에 넣으니 삑 하는 전자음과 함께 잠금이 해제되는 소리가 났다.

중후한 문을 열고, 안으로 들어가니 열 켤레 이상의 신발을 벗어 놓을 수 있을 것 같은 넓은 현관과 시내가 훤히 내려다보이는 커다란 창에 압도당했다.

새하얀 바닥, 아일랜드 키친, 자쿠지 욕조, 이런 곳에 사는 나를 전혀 상상할 수 없다.

누구나 한 번쯤 살아 보고 싶다고 생각할 것이다. 그러나 보증금과 이런저런 비용만 해도 100만 엔 이상 들지 않을까. 그렇게 썼다간 주운 돈이 단숨에 사라질 뿐만 아니라, 말도 안 되는 벌을 받을 것 같았다.

"마지마 군, 지금 월세 걱정하고 있었지?"

집 안 전기를 차례차례 켜느라 한 바퀴 돌고 난 곤노가 거실로 오더니 그렇게 말했다.

"네…… 뭐어. 그런데 역시 난 이런 고급 맨션은…….

"월세, 반값이어도 돼."

"네? 반값이라니, 원래는 얼만데요?"

"40만 엔. 반이니 20만 엔이면 돼."

"20만 엔도 나한테는 큰돈입니다…….

"그 고급 강아지와 함께 이 창으로 경치를 내다보면서 마시는 모닝커피, 얼마나 맛있겠냐고. 아마 여친도 당신한테 더 반할 거야. 마지마 군, 여친 없어?"

"있긴 하지만…….

나는 그녀와 어제 산 포메라니안과 같이 생활하는 모습을 잠시 상상해 보았다. 말할 것도 없이…… 행복한 나날이겠지.

그때 곤노가 이런 제안을 했다.

"좋았어, 마지마 군. 기타 비용 제로로 좋아."

"네?"

"요즘 세상에 기타 비용 제로가 드문 일은 아니야. 흔한 서비

스지. 그리고 나, 마지마 군하고 사이좋게 지내고 싶어."

"몇 번이나 말하지만, 나는 부잣집 아들이 아니라니까요."

"알아, 알아."

"그런데……."

"그런데?"

"아뇨, 아무것도 아닙니다."

그 돈을 어차피 쓸 거라면 그녀의 꿈을 이루어 주는 데 쓰고 싶다. 그러니 그 자금을 챙겨 두어야만 한다.

애완동물 미용실 가게를 얻으려면 얼마 정도 들까.

"마지마 군, 무슨 생각 하는 거야? 고민 있으면 뭐든 나한테 말하라고."

"아니, 저기, 여자 친구가……."

"여자 친구가 왜?"

"애완동물 미용실을 개업하는 게 꿈이어서요, 그 꿈을 이루어 주고 싶어요……."

"봐, 역시 마지마 군, 어디 부잣집 도련님이라니까."

"그런 게 아니라, 줄곧 모아 온 돈입니다."

나는 거짓말을 했다. 아주 약간 쩔렸지만, 얘기를 계속했다.

"가게를 시작하려면 보증금하고 이것저것 포함해서 얼마 정도 들까요?"

그러자 곤노는 팔짱을 끼고, 의외로 진지하게 상담에 응해 주었다.

"흠, 가게를 얻으려면 통상 임대료와 달리 반년 치 보증금을 내야 하는 것이 대부분이니, 뭐, 월세가 20만 엔이라 해도 이것저것 포함해서 초반에 200만 엔 정도 들지. 거기다 기계며 뭐며 산다 치면 최소 100만 엔, 합계 한 300만 엔 들겠네."

300만 엔……. 그렇게 큰돈을 실제로 갖고 있는 자신이 무언가 진짜 부자가 된 기분이다.

곤노는 이런 제안도 했다.

"그렇다면 그녀와 이 집에서 꿈을 이루면 더 좋지 않겠어? 주거와 점포 합쳐서 월세 20만 엔, 게다가 기타 비용 제로, 요즘 유행하는 아지트 분위기의 애완동물 미용실이라고 입소문나면 일석이조야."

곤노의 말대로 이 70평방미터 남짓한 2LDK(방 2개, 거실, 주방—옮긴이)라면 방 하나를 그녀의 작업실로 하고, 다른 한 방을 침실로 사용하면 여유롭게 영업할 수 있다.

그녀의 일이 궤도에 오르고, 나도 근무 시간을 더 늘려서 둘이 힘을 합치면 살아갈 수 있을지도……. 게다가 그녀의 꿈을 이루어 줌으로써 나도 자신감이 생길지도 모른다. 지금은 나 같은 놈과 사귀어 주는 그녀의 본심을 알 수 없지만, 꿈을 이루어 주면 당당하게 사귈 수 있을지도…….

그렇다, 이것은 분명 인생에서 몇 번 없는 기회인지도 모른다. 이 기회를 놓치면 안 된다. 그녀와, 그리고 그녀가 키우고 싶어 했던 포메라니안과 함께 이곳에서 살자.

"곤노 씨, 이 집 얻겠습니다."

"그렇게 나와야지! 마지마 도련님!"

곤노는 아싸! 하며 오른손으로 조그맣게 브이를 그림과 동시에 선글라스를 들고 "행복하게 살면 되는 거야." 하고 내 눈을 보며 말했다. 그 눈동자는 화려한 알로하셔츠를 입고 있는 양아치 풍모와는 반대로 아주 조금 착해 보였다. 역시 이 사람은 보기보다 나쁜 사람이 아닐지도 모른다.

"그럼 내일부터 여기서 살아도 돼."

"네? 내일부터요?"

"그래, 언제까지 개를 애완동물 호텔에 맡겨 둘 수도 없고, 호텔비도 아깝잖아?"

그것도 그렇다고 생각하여, 나는 그 자리에서 임대 계약을 했다. 인감은 갖고 있지 않지만, 곤노가 나중에 편의점으로 받으러 오겠다고 해서 그렇게 하기로 했다.

게다가 심부름센터를 운영하는 곤노는 이사도 싸게 해 주겠다고 했다.

내 인생은 급격한 속도로 방향 전환을 시작했다.

✳

미츠 씨가 일하는 빌딩 아래에 도착하자, 아미 씨는 "그럼 또 보자. 미츠 씨한테 인사 전해줘." 하고 개와 함께 돌아갔다.

대부분 어른은 초등학생이 밤에 밖에 나와 있으면, "집까지 데려다줄게"라든가 "어른들이 걱정하셔"라는 말을 할 텐데, 아미 씨는 나를 어엿한 하나의 인격체로 존중해 준다는 느낌이 들었다. 그런 대응이 기분 좋았다.

개와 함께 돌아가는 아미 씨의 뒷모습을 지켜본 뒤, 미츠 씨가 일하는 빌딩으로 들어가려고 하는 찰나, 누군가와 세게 부딪쳤다.

"야, 어딜 보고 다니는 거야!"

하와이 사람이 입는 노랗고 화려한 셔츠를 입은 양아치가 내 얼굴을 들여다보면서 말했다.

"아프잖아요, 누가 할 소리를 하는 거야."

"이 녀석 보게, 싸가지 없는 놈이네. 사람한테 부딪히면 뭐라고 해야 하지? 미안합니다지? 선생님한테 안 배웠냐?"

양아치는 쓰고 있던 선글라스를 벗어 들고, 내 얼굴에 자기 얼굴을 가까이 들이댔다.

"지저분한 얼굴 갖다 대지 마요!"

"이 새끼가……."

내 귓불을 잡아당기는 양아치의 팔을 누군가 다가와서 홱 잡았다.

"애한테 뭐하는 짓이야."

그렇게 말한 것은 경비원 복장을 한 미츠 씨였다.

"미츠 씨, 이 꼬마, 미츠 씨 아들입니까?"

"그럴 리 없잖아, 이동도서관에 오는 히로무라는 아이야."

"헐? 이 양아치, 미츠 씨 아는 사람이에요?"

"그래, 맞아. 이 사람은 말이지, 내가 형사 시절에 여러 가지 정보를 제공해 주던 사람이었어. 오늘은 마침 이 빌딩 근처를 지나가던 참이어서 들렀대."

"흠, 흥신소 사람인가?"

"흥신소가 아니라, 심부름센터 같은 거야, 히로무. 난 이래 봬도 사장이라고. 그러니까 양아치란 소리는 삼가 줘."

"헐? 이렇게 화려한 셔츠를 입은 사장, 난 본 적이 없네."

"본 적 없으면 지금 잘 봐 둬. 봐, 봐, 더 자세히 보라고."

곤노라는 화려한 사장은 장난치듯 얼굴을 나에게 더 가까이 들이댔다.

"아, 짱나."

"미츠 씨, 이 아이도 상당히 입이 험하네요."

"뭐, 악의는 없어."

"여기에 악의까지 있으면 애 완전 삐딱하게 크겠죠. 악의가 없어서 다행이네. 그렇지만 고집 있는걸. 어이, 히로무, 크면 나한테 와서 일할래?"

"뭐라고요? 양아치 되고 싶지 않아요!"

"무슨 소리야, 심부름센터는 훌륭한 일이라고."

그때, 곤노 뒤에서 젊은 남자가 "저어……" 하고 말을 걸었다.

"앗, 미안, 미안. 마지마 군의 존재를 까맣게 잊고 있었네."

"난 먼저 가겠습니다. 그럼 계약서 건 잘 부탁합니다."

그렇게 말하고 돌아가려고 하는 마지마라는 젊은 남자를, 미츠 씨가 붙들었다.

"잠깐만. 당신, 어디서 만난 적 있는 것 같은데……."

"어, 미츠 씨, 이 사람 아는 사이인가요? 마지마 군이라고 하는데요. 내일부터 요 앞에 있는 고층 맨션에서 살게 된 셀럽입니다요. 돈이 되게 많아요, 그렇지, 마지마 도련님?"

"그러니까 전혀 그렇지 않다니까요……."

"그럼 먼저." 하고는, 마지마라는 젊은 남자는 돌아갔다.

화려한 곤노도 "그럼 나도 실례하겠습니다요. 또 보자, 히로무." 하고 오른손으로 경례를 했다.

재미있는 사람이네 싶어서 나도 장난삼아 경례를 했다.

"그보다 히로무, 이런 시간에 어쩐 일이야?"

미츠 씨가 자동판매기에서 자몽 주스를 뽑아 건네며 물었다.

"미츠 씨 만나러 왔죠."

"오, 그건 영광이네. 근데 여기 잘도 알고 왔네."

"아까 우연히 아미 씨를 만나서 들었어요."

"그랬구나. 그래, 무슨 일로 나를?"

"이렇다 할 용건은 없지만……."

"아, 히로무, 5분만 기다릴래? 잠깐 꾀병 좀 부리고 올게."

미츠 씨는 이렇게 말하고는 빌딩 안으로 들어가더니 5분 뒤,

사복으로 갈아입고 돌아왔다.

"히로무, 별이라도 볼래?"

"별?"

"응, 옆 빌딩 옥상에 올라가면 별이 잘 보여."

"미츠 씨하고 별을 봐요?"

"싫으냐?"

"그닥."

우리는 미츠 씨가 근무하는 빌딩의 옆 빌딩 비상계단을 올라가서, 옥상으로 향했다. 그곳에는 정말로 하늘 가득 별이 떠 있었다.

"미츠 씨, 엄청 큰 불꽃 본 적 있어요?"

"엄청 큰 불꽃?"

"네, 펑 하고 터지는 대박 큰 불꽃."

"뭐, 54년이나 살아왔으니 몇 번 본 적이야 있지."

"난 한 번도 본 적 없어요. 아니, 보러 가지 못했어요."

"보러 가지 못했다고?"

"네. 원장님이 제일 큰 불꽃놀이 축제에 데려가 준 적이 있었는데요, 가던 도중에 목마 타고 가는 아이를 보고, 불꽃놀이 안 보고 그대로 돌아와 버렸어요."

"그건…… 왜?"

"뭐랄까……, 나는 정말 외톨이구나 하는 생각이 들어서요."

미츠 씨는 내 이야기를 묵묵히 끄덕이면서 들어 주었다.

나는 아무 맥락도 없는 이야기를 계속했다.

"한심할지도 모르지만, 난 가끔 상상을 해요."

"상상? 어떤?"

"만약 유괴되면 지금보다 더 좋은 생활을 할 수 있지 않을까 하고."

"뭐? 그건 꽤 대담한 상상인걸. 지금보다 더 좋은 생활이란 히로무에게 어떤 생활이야?"

"……고독하지 않은 생활. 하지만 몸값도 내지 못하는 시설 출신의 나를 유괴할 미친놈이 어디 있겠어요."

"고독이라……. 뭔지 모르게 히로무의 마음을 알 것 같네."

그런가, 미츠 씨와 내가 닮았다는 기분이 드는 것은 미츠 씨도 고독하기 때문이다. 이동도서관 시간이 끝나면 미츠 씨는 언제나 혼자다.

그런 미츠 씨여서 이렇게 무슨 얘기든 할 수 있는지도 모르겠다.

어쩌면 미츠 씨도 안식처라고 생각할 만한 곳이 없지 않을까.

"저기, 미츠 씨. 아까 아미 씨가 '꿈을 이루었더니 안식처를 찾을 수 있었다'라고 하던데, 미츠 씨는 안식처 있어요?"

"아미 씨가 그런 말을?"

"네, 미츠 씨에게 안식처는 어디예요? 그 도서관 차 안?"

"내 안식처······. 어딜까, 쉰을 넘었지만, 솔직히 진짜 내 안식처가 어딘지 모르겠구나. 너는? 너한테 안식처라고 생각되는 곳이 있니?"

"그러게요, 나도 모르겠어요. 그렇지만 이것만큼은 말할 수 있어요. 나는 미츠 씨 같은 어른은 되고 싶지 않아요."

"······그러니까 말이지, 나 상처 잘 받는 사람이라고. 좀 더 부드럽게 말해 줘."

미츠 씨는 이렇게 말하고 내 머리를 가볍게 움켜쥐었다. 그 손은 크고 따뜻해서······ 마음을 담요로 감싸는 듯한, 편안한 기분이 들었다. 그때 목마를 타고 가던 아이도 이런 기분이었을까.

"일단 나는 어른이 되면 부자가 될 거예요. 그러면 뭐든 이루어지지 않겠어요."

"뭐든?"

"네, 이를테면······ 그 개를 구할 수 있을지도 모르고."

"그 개라면 혹시…… 창고에 묶여 있는?"

"네, 주인한테 사고 싶어요. 내가 부자가 되면 돈을 얼마를 주더라도 데려올 거예요."

"히로무는 역시 착하구나."

"그렇지 않지만…… 그 개는 아마 이런 별 하늘을 본 적 없겠지…… 생각하니."

여기서 보는 별 하늘은 정말로 예쁘다. 이런 하늘을 보고 있으면, 우리가 살고 있는 지구는 굉장히 작구나 하는 생각이 들기도 한다.

"저기요, 미츠 씨."

"응?"

"이제 형사가 아니죠?"

"응, 보다시피."

"그럼…… 나랑 같이 그 개를 유괴하지 않을래요?"

＊

고로를 키우기 시작한 지 몇 년이 지났을까.

아들이 집을 나간 해에 지인에게 얻었으니 그럭저럭 5년 정
도 됐을까.

줍거나 얻거나 해서 할 수 없이 동물을 키운 적은 있지만, 설
마 자진해서 키우게 될 줄이야. 그때는 어떻게 됐던 게 분명
하다.

아내를 먼저 저세상에 보내고 아들도 가출하고 일할 기력조
차 잃어버린 나는 운영하던 식당을 접었다. 그리고 창고에 처
박아 둔 가구도 거의 다 버리고 몸도 마음도 텅 빈 기분이었
다. 현관을 나설 때마다 텅 빈 창고를 보며, 왠지 고독의 끝에
서 떠밀려 떨어진 기분이 들어서, 그만 지인의 집에서 태어난
강아지를 분양받고 말았다.

일도 없다, 가족도 없다, 나는 무엇을 위해 살고 있는 거지?
하는 자문자답이 이어진 나날이었는데 고로가 오면서 조금
마음이 풀어졌다.

빈 창고를 개집으로 쓰기로 하고 도망가지 못하도록 줄을 단

단히 묶어 놓았다.

아직 강아지였을 때는 '손'이나 '앉아'를 잘했지만, 언제부턴가 내가 하는 말을 하나도 듣지 않는다. 창고에 묶어 두고 있는 나를 싫어하게 된 것이다. 그러나 나는 고로가 사랑스럽다. 지금 내게는 유일한 가족이니까. 산책을 데리고 나갔다가 어디로 도망치기라도 하면 이번에야말로 진짜 외톨이가 된다.

연금 생활자인 내게 애완동물을 키울 여유 따위, 사실은 없다. 처음에는 먹이도 사료를 사다 주었지만, 점점 그 돈조차 쓰기 힘들어져서 지금은 내가 먹다 남은 것을 주고 있다. 그래서 고로에게 미움을 산 걸까.

옛날에는 먹이를 주기 전에 반드시 '손'이나 '앉아'를 해 주었는데…….

고로도 아들도 모두 나를 싫어한다. 5년 전에 나간 하나밖에 없는 아들은 한 번도 돌아오지 않았다.

늦은 나이에 낳은 아들이라고 너무 무르게 키운 걸까. 어른이 돼서도 제대로 된 취직 자리를 구하지 못하는 아들에게 나는 끈질기게 식당을 물려받으라고 강요했다. 사실은 아들이 걱정돼서 한 말이 아니라, 그저 내 가게 문을 닫고 싶지 않아서 물려받길 바랐던 것뿐인지도 모른다. 애초에 요리에 흥미 따위 없었던 아들은 그게 무거운 짐이었을 것이다. 어느 날 갑자기 "취직했으니 혼자 살게." 하고 나가 버렸다. 그 후로 돌아오지 않는다.

작년 설날, 문득 목소리가 듣고 싶어서 휴대전화를 걸어 보니, 사용하지 않는 번호라는 안내만 흘러나왔다.

아들은 두 번 다시 돌아오지 않을지도 모른다.

나 혼자 살기에 이 집은 너무 넓다. 넓으면 넓을수록 홀로 지내는 밤이 길게 느껴진다.

그런 생각을 하면서 점심으로 라면을 먹고 있는데, 드물게 집 전화가 울렸다.

수화기를 드니, 아들의 상사라는 남자에게서였다.

서른 살이 된 아들이 세상에 회사 돈을 썼다고 한다.

경찰에 신고하지 않게 하려면 아들이 사용한 돈을 당장 회사에 반환하라고, 상사가 일부러 전화를 주었다.

나는 심장이 터지는 게 아닐까 싶을 정도로 놀랐다.

무소식이 희소식이라고 생각했지만, 설마 그런 짓을 했을 줄이야……. 그 아이는 성실하고 순수한 아이라고 생각했는데, 어째서 그렇게 변했을까.

나는 아들이 사용한 금액을 물었다. 그랬더니 얼추 200만 엔이 넘는다고 했다.

그런 큰돈, 대체 어디다 썼는지 묻고 싶은 마음이 굴뚝같았지만, 휴대전화 번호가 바뀌어서 연락이 되지 않는다.

오후 2시까지 준비하라고 해서 나는 서둘러 은행에 갔다.

그 아이가 태어날 때부터 모아 둔 정기예금이 200만 엔 정도 된다. 결혼 자금으로 모아 두었지만, 경찰에 잡히면 결혼도 못하게 된다. 어쨌든 지금은 현금을 마련해야 한다!

아들의 상사가, 창구에서 입금하면 이것저것 물어서 시간이 걸릴 테니, 정기예금을 해약하면 현금 지급기에서 현금을 인출하라고 지시했다.

이렇게 친절한 상사 밑에서 일하다니 아들은 행복한 놈이네. 부모에게 의논하지 않고 바로 경찰에 신고해도 할 말이 없을 텐데…….

부모로서 해 줄 수 있는 것을 최대한 해 주고 싶다. 아무리 떨어져 있다고 해도, 우리는 같은 핏줄의 부모 자식이니까.

지시대로 은행 현금 지급기에서 돈을 인출하는데, 아들의 상사에게 이번에는 휴대전화로 다시 전화가 걸려 왔다. 이번에는 아들 일이 다른 사원한테 들켜 버렸다고. 그 사원이 입막음 비용을 요구하고 있다고 했다.

"네? 200만 엔이면 부족하다고요? 가능하면 100만 엔 더 추가할 수 없냐고요?"

나는 금액에 놀라서 엉겁결에 소리를 질렀다.

합계 300만 엔이란 현금이 필요하다고 한다. 아들을 위해 든 정기예금 외에 내가 준비할 수 있는 돈은…… 아내가 남겨 준 돈 몽땅 털어야 100만 엔이다. 매달 1만 엔씩 저금해서 10년 걸려 겨우 100만 엔 모았다고, 생전에 아내가 웃는 얼굴로 말했다. 그 돈을 찾으면 간신히 300만 엔은 준비할 수 있다. 그러나 그걸 찾으면 내게 남는 돈은 한 푼도 없다. 지갑에 있는 1만 엔과 벽장에 넣어둔 이번 달 생활비뿐이다. 하지만 앞날을 생각할 여유가 없다. 지금 내가 할 수 있는 일, 그것은 아들의 미래를 지키는 일이다.

아내가 남겨 준 여러 계좌에서 합계 100만 엔을 찾아서 300만 엔의 현금을 종이 가방에 넣고 나는 지정한 공원으로 향했다. 무사히 아들의 상사를 만나, 300만 엔과 함께 지갑에 있던 마지막 1만 엔도 건넸다. 아들은 분명히 회사 돈을 쓸 수밖에 없는 절박한 상황에 몰렸을 것이다. 조금이지만, 편하게 쓸 수 있는 돈을 주고 싶었다. 그리고 집에 전화 한 통 하라고 전해 달라고 했다.

일단 집에 가서 아들의 연락을 기다리려고 서둘러 돌아왔다.

집에 와서 셔츠를 갈아입으며 시계를 보니, 오후 2시가 지나고 있었다.

먹다 만 인스턴트 라면은 차게 식은 데다 퉁퉁 불었다.

점심은 언제나 고로에게 나눠 주기 때문에 거기다 따뜻한 밥을 섞어서 밖으로 가지고 나왔다.

그때 50대 중반 정도로 보이는 이상한 남자가 말을 걸었다.

"저, 잠깐 괜찮으시겠습니까?"

"무슨 일이요?" 하고 대답하자, 그 남자는 이런 소리를 했다.

"실례지만, 이 개는 언제나 거기 묶여 있는 것 같더군요. 이 계절에 창고는 달아올라서 탈수증이 생기지 않을까요?"

나는 지금 생판 모르는 놈하고 실랑이할 때가 아니다. 아들에게 오랜만에 전화가 올지도 모른다. 한 마디라도 좋으니 목소리를 듣고 싶다. 그리고 "괜찮다, 아빠한테 맡겨"라고 말해 주고 싶다. 아들의 불안을 조금이라도 걷어 주고 싶다.

나잇값도 못 하고 낯선 사람에게 욕을 먹은 나는 불안과 초조함이 뒤섞여서 담장을 힘껏 걷어차고 집으로 들어갔다.

노란 머리의 밉상스럽게 생긴 꼬마가 악담을 내뱉었지만, 무시하고 집에 들어가서 무작정 아들의 전화를 기다렸다.

아내가 살아 있을 때는 집에 웃음소리가 끊이지 않았다. 다 함께 텔레비전을 보거나 아들이 어릴 때는 카드놀이를 하거나……. 그것이 당연한 행복이라고 생각했지만, 혼자가 되고 나서야 당연한 것이 아니란 걸 깨달았다. 기적처럼 멋진 날들이었다.

그런 행복한 날은 두 번 다시 돌아오지 않는 걸까.

아들의 상사와 헤어진 지 한 시간이 지났는데 아들에게는 전화가 오지 않았다. 아직 이런저런 처리를 하느라 바쁜 걸까.

아니면 나한테 혼날까 봐 못 걸고 있는 걸까.

혹시 이대로 아들에게 연락이 없다면…… 내게 남은 건 이 넓은 집과 나를 싫어하는 개 고로뿐.

차라리 건강할 때 고로를 누구한테 맡기고 어디 노인 요양원이라도 들어가 버릴까……. 그렇게 생각할 때도 있다. 그러나 역시 고로를 누구한테 줄 수는 없다.

대화를 할 수도 없으며 마음이 통하지도 않는다. 그러나 곁에 있다는 안심을 주는 것은 고로뿐이다.

내게 고로는 유일한 가족이다.

유괴 당일

계속 묶여만 있는 개를 유괴하는 계획은 이 도시에서 가장 큰 불꽃놀이 축제가 열리는 날로 정했다.

이동도서관이 끝나면 나와 히로무는 개를 다루는 법을 조사했다. 나는 경찰견을 다룬 적은 있지만, 일반 개는 키워 본 적이 없다. 히로무도 마찬가지로 어릴 때부터 시설에서 살아서 개를 키운 적이 없다고 한다.

그렇지만 만약 무사히 유괴에 성공한다고 해도, 나도 히로무도 개를 키울 환경이 아니다. 그래서 이곳에서 조금 떨어진 곳의 동물 수용 시설로 데려가서, 그곳에서 주인을 찾아보기로 했다. 그런 조립 창고에서 생을 마치는 것보다는 훨씬 나을 것이다. 물론 유기견을 주웠다고 둘러댈 생각이지만, 만약 거두어 주지 않는다면 직접 키울 수밖에 없다. 그때는 각오를 해야 한다. 이동도서관 생활에 마침표를 찍고 어딘가 집을 얻을 수밖에 없다고. 아무리 지금은 형사가 아니라고 하지만, 남이 키우는 개를 훔치는 것이다. 그 정도 각오를 하지 않고는 하기 어려운 행동이다.

어쨌든 두 번 다시 '키우고 죽이는' 일만은 하고 싶지 않다.

불꽃놀이 축제 날에 유괴하기로 한 것은 그날 개 주인이 주민회에서 맡은 역할이 축제 현장 순찰이어서 집에 없기 때문이다. 심부름센터의 곤노가 주인 신변 조사를 해 주었다. 참고로 이번 조사비는 히로무가 출세한 뒤에 갚기로 했다고 한다.

그리고 유괴 당일, 우리는 흰색 티셔츠에 청바지라는 단순한 복장으로 임하기로 했다. 위아래 시커멓게 입자고 내가 말했더니 그러면 오히려 튀지 않아요? 하고 히로무가 반대해서 "그럼 평소처럼" 입게 됐다.

결행은 불꽃놀이 축제가 절정을 이루기 20분 전. 오후 8시 30분에 결행.

그 시간에 주민들은 모두 집에 있지 않고 전망 좋은 방죽으로 향한다고 한다. 주민회 사람들에 섞여서 정보를 수집한 곤노가 자랑스럽게 말했다.

유괴 후 하룻밤은 이 도서관 차에서 개를 맡았다가 아침이 되면 히로무와 재회하여, 옆 현의 동물 수용 시설로 가기로 했다. 어쨌든 예정대로 일이 진행되기를 바란다.

오후 7시가 지났을 무렵, 약속 장소인 주차장으로 히로무가 왔다.

이곳은 그 개가 있는 집에서 차로 5분 정도 되는 곳이지만, 주인이 아주 친절해서 지금까지 수십 권의 책을 이동도서관에 기부해 주었다. 내 활동을 이해해 주어서 이 주차장도 싼값에 빌려주고 있다.

"히로무, 약속 시간보다 훨씬 일찍 왔네. 어쩐 일이냐?"

약속대로 흰 티셔츠와 청바지 차림의 히로무가 "너무 늦게 밖에 나가면 원장님이 다다다 잔소리하니까요"라고 하면서, 도서관 차에 올라탔다.

딱히 긴장한 모습도 없이 평소와 같은 히로무에게 "밥 먹었냐?" 하고 물었다.

그랬더니 히로무는 "넘어가지 않아서요"라고 툭 내뱉고, 만화를 읽기 시작했다.

오후 8시, 결행까지 30분이 남았을 무렵, 이번에는 씩씩한 목소리가 밖에서 들려왔다.

"미츠 씨~, 히로무~, 있습니까~?"

히로무는 읽고 있던 만화를 덮고 창을 열더니 곤노에게 들으란 듯이 이렇게 말했다.

"뭐야, 양아치도 불렀어요?"

"히로무, 오늘도 씩씩하네. 너 크면 우리 회사에서 일해라. 이

번 조사비도 벌어서 갚고."

차 안으로 들어온 곤노는 히로무의 머리를 두 손으로 꾸깃꾸깃 만지고, 마치 강아지가 서로 어울려 놀듯이 두 사람은 장난을 쳤다.

"어이어이, 지금부터 큰일을 하러 가잖아. 긴장을 늦추면 사람들한테 들켜서 실패로 끝난다고."

"야단맞았잖아요, 양아치 아저씨 때문에."

"내가 야단맞은 거야, 네가 아니라."

잠시 차분해진 곤노는 그 개 주인에 관해 얘기했다.

"그보다 조사하는 도중에 알았는데요, 그 주인 영감, 혼자 산 지 한참 됐더라고요. 부인과 사별하고 아들이 있지만, 몇 년째 돌아오지 않는 것 같아요. 주민회 일을 꽤 성실하게 해서 평판 좋은 사람이었어요."

그러자 히로무는 뾰루퉁한 얼굴로 "개를 그렇게 키우는데, 무슨 좋은 사람이야"라고 했다.

"그러네……. 계속 묶어 놓는 건 너무 불쌍하지. 자, 그 개도 오늘로서 생지옥하고 안녕이네. 자자, 저 차로 옮겨 탑시다."

곤노는 그렇게 말하고, 도서관 차에서 몇 미터 떨어진 곳에 세워 둔 승용차를 가리켰다.

"헐? 이 차로 가는 거 아니었어요?"

"이 차는 너무 튀잖아. 그래서 수수~한 차 한 대 준비했으니 저리로 옮기자."

운전석에는 요전에 빌딩 아래에서 곤노와 함께 있던 젊은 남자가 타고 있었다.

"저 사람, 어디서 본 적이 있는 것 같은데……."

나의 혼잣말은 물론 두 사람 귀에는 들어가지 않았다.

"그럼 드디어 출발할까요." 하고 나도 엉거주춤 일어서려던 그때, 누군가 도서관 차 문을 톡톡 두드렸다.

문을 여니 아미가 울면서 서 있었다.

"아미 씨! 무슨 일이에요?"

"미츠 씨……, 나, 그 사람한테 버림받은 것 같아요……. 어떻게 해야 좋을지 몰라서……."

5분 뒤면 출발해야 하는데, 예상도 하지 못한 문제가 생겼다. 일단 안으로 들어오게 해서 마음을 진정하도록 미니 냉장고에 있던 페트병 차를 따 주었다.

"그러니까…… 버림받았다는 건 최근에 사귀기 시작한 편의점 그 친구한테?"

페트병 차를 한 모금 마신 아미는 눈물을 닦으면서 끄덕였다.

"최근 며칠 연락이 없어서 그 사람 사는 집에 가보았어요. 그랬더니 이사를 가 버리고…….."

옆에서 듣고 있던 히로무가 "네에? 뭐야, 그 나쁜 사람, 열 받네." 하고 노골적으로 분노를 드러냈다.

"내가 싫어졌나 봐요…….."

그때, 다른 차에 타고 있던 곤노의 일행인 남자가 도서관 차로 와서, "그렇지 않아……"라고 했다.

내가 "아미 씨하고 아는 사이예요?" 물었더니, 아미는 돌아보고 "마지마 씨…… 어떻게 여기에?" 하고 놀라는 얼굴이었다.

히로무는 "아미 씨 남자 친구가 이 사람?" 하고 여전히 까칠하게 물었다.

아미의 남자 친구 마지마라는 남자는 조심스럽게 도서관 차로 들어오더니, 갑자기 이사한 이유를 설명했다.

"실은 나, 개를 키우기 시작했어."

"개?"

"응, 아미가 갖고 싶어 하던 포메라니안. 폐업하는 애완동물 가게에서 싸게 분양받았어. 그렇지만 내가 살던 집은 애완동물 금지여서…… 그래서 여기 있는 곤노 씨가 개와 같이 살 수 있는 맨션을 소개해 주어서 이사한 거야. 대충 정리되면 얘기하려고 했는데."

"왜 이사 가기 전에 말해 주지 않은 거야?"

그러자, 창밖으로 몸을 반쯤 내밀고 담배를 피우던 곤노가 두 사람 대화에 끼어들었다.

"어이, 여친, 마지마 군은 당신 꿈을 이루어 주기 위해 애쓰고 있어. 애완동물 미용실을 열어 주려고 트렌디한 고층 맨션을 빌려서 가구며 뭐며 돈을 잔뜩 들이고 있지. 전부 당신을 위해서야. 버린 게 아니라."

"마지마…… 정말? 나를 위해서 그런……. 왜 말해 주지 않은 거야?"

좀 전까지 울던 아미는 눈이 빨개져서 마지마에게 따졌다.

"무서워졌어."

마지마가 작은 소리로 말했다.

"무서워졌다니, 무슨 말이야?"

"자세히는 좀, 미안해……."

"그럼 어째서 그렇게 돈을 많이 갖고 있었던 거야? 마지마, 매달 간신히 산다고 그랬잖아."

"대체 내 어디가 좋은 거야? 아미는 이렇게 예쁘고 착한데 어째서 나처럼 별 볼 일 없는 놈하고 사귀어 주는 거야?"

마지마의 질문에 곤노는 머리를 벅벅 긁으면서 "오글거리는 질문 싫어." 하고, 담배 연기를 힘껏 밖으로 내뿜었다.

"어째서라니……. 마지마는 거짓말하지 않고 정직하고 착한 사람이야. 나, 마지마한테 고백받기 전부터 마지마가 마음에 들었어. 그 편의점에 주인을 잃어버린 개가 들어온 적 있잖아? 그때 마지마, 자기 지갑에서 돈을 꺼내서 물을 사 준 것 기억나? 그 모습을 보았을 때, 아무도 보지 않는 데서 자연스럽게 그런 행동을 하는 사람이라니 정말 멋있다고 생각했어. 그래서 나는 마지마랑 사귀는 게 자랑스러워. '나 따위'라고 하지 마."

그러자 마지마는 고개를 숙이면서 중얼중얼 말했다.

"나 조금도 멋있는 사람 아냐……. 난……."

마지마는 애완동물 가게에서 산 개와 이사에 쓴 돈이 사기꾼에게 가로 챈 것이란 걸 사실대로 털어놓았다.

"뭐야, 마지마, 진짜로 부잣집 도련님 아니었던 거야?"

"그러니까 몇 번이나 아니라고 말했잖아요……."

나는 눈앞에 부옇게 끼었던 안개가 단숨에 걷히듯이 마지마를 기억해 냈다.

"그렇구나, 생각났어! 당신, 이 차에 부딪혔지! 8만 엔이 떨어졌는데 줍지도 않고 도망치던 그때······."

"······네. 이 도서관 차를 봤을 때, 저도 그 일이 생각났어요."

"그래서 어디선가 만난 적이 있는 것 같았구나. 그게 사기 피해당한 돈이었군."

마지마는 정말로 잘못했다는 얼굴이었다. 상당히 반성하는 것 같다.

마지마를 부잣집 아들로 믿었던 곤노는 실망하면서도 어이없다는 듯이 "나쁜 사람은 아니네." 하고 말했다.

"그런데 곤노가 부동산업을 하다니, 금시초문인걸."

"아니, 뭐 그게 이유가 있는뎁쇼······. 지금 말 안 해도 되죠, 네? 미츠 씨."

나는 곤노의 눈을 똑바로 보았다. 그러자 곤노는 "못 당하겠네." 하고, 진상을 얘기했다.

"그 맨션 701호실은 말이죠, 물건을 내놓은 중에 주인이 죽어서 파는 사람도, 사는 사람도 없이 공중에 뜬 맨션이었어요. 주인이 어쩌다 죽었는지는 모르겠지만, 이른바 '사연 있는' 물건이 돼 버렸죠. 나는 심부름센터로서 집 안 물건을 전부 처분해 달라는 의뢰를 받았는데, 그때 어쩌다 보니 열쇠를 복제했다고 할까······. 파는 사람도 사는 사람도 없으니, 그러다 법원에서 경매 물건으로 다룬다 해도 이런저런 준비며 기간이 걸릴 테니, 그동안 임대해서 용돈이라도 벌자고 생각했던 겁니다. 매달 20만 엔 벌어서 술값이나 하려고요. 별로 사람을 해친 것도 아니라고요. 남의 돈 훔친 마지마 군이 나쁜 사람이죠. 그죠? 미츠 씨, 맞죠?"

나는 둘 다 똑같다고 했다. 그리고 중요한 사실을 마지마에게 물었다.

"그보다 마지마 군, 그 사기를 당한 사람 얼굴 기억하나?"

"네, 기억합니다만, 어디 사는지는 모릅니다……. 아, 돈을 돌려주고 싶지 않아서가 아니라 정말로 모릅니다."

마지마의 말은 사실일 것이다. 거짓말을 하는 눈은 아니었다.

"그러고 보니 여러분은 무슨 일로 이 도서관 차에 다 모여 계세요?"

아미가 순수한 질문을 했다.

모든 것을 사실대로 얘기한 마지마 탓인지, 히로무가 유괴 계획에 관해 아미에게 전부 얘기했다.

그러자 줄곧 묶여 있기만 한 개를 불쌍하게 생각한 아미가 자신도 함께 가겠다고 했다.

죄인을 늘리는 것은 괴롭지만, 여기까지 온 이상 누구도 물러설 수는 없다.

그리고 그때 우리는 그 개를 유괴하는 것이 '정답'이라고 생각했다.

계획한 시간보다 조금 늦게 출발했지만, 드디어 우리는 개가 있는 집에 도착했다.

담장 너머에 있는 개는 환경도 상태도 일주일 전과 하나도 다르지 않았다.

곤노가 조사한 대로 집 안은 불이 꺼져 있고, 주인은 부재중인 듯했다.

"자, 조금 서두르자."

나와 히로무는 뒷문을 통해 부지 안으로 들어가고, 곤노는 주위를 돌며 망을 보고, 아미는 개가 짖거나 싫어할 때 대응하도록 창고 앞까지 같이 왔다.

개를 만지는 것이 몇 년 만인지. 귀여워하던 경찰견과 헤어진 이후이니 그럭저럭 4년쯤 됐을까.

히로무는 묶인 개의 머리를 조심스럽게 쓰다듬으면서 "이제 곧 하늘을 보여 줄게"라고 했다.

나는 개를 창고에 묶어 둔 짧은 줄을 주저 없이 풀었다.

이 역할은 히로무에게 맡길 수 없다. 계획을 결심했을 때부터 그렇게 마음먹었다.

푼 줄을 천천히 끌며 "자, 밖으로 나가자"라고 하면서 개를 살짝 끌어 보았지만, 조금도 움직이려고 하지 않았다.

모르는 사람이어서 겁을 먹은 걸까. 아니면 오랫동안 걷지 않았던 탓에 다리가 약해진 걸까.

그때, 옆에서 상태를 지켜보던 아미가 개의 이상을 발견했다.

"어쩌면 이 아이, 고관절일지도……."

조금 더 줄을 당겨 보니, 뒷발을 토끼처럼 총총거리며 걷기 시작했다.

"역시……. 이 아이, 치료가 필요한 병이네요. 억지로 걸리는 건 좋지 않을 것 같아요."

나는 아미에게 지도를 받으면서 조심스럽게 안고 들어왔던 뒷문으로 히로무와 함께 나왔다. 중형견이라고는 하지만, 30킬로그램 정도 될까. 안아 올렸을 때, 묵직함이 느껴졌으나, 그보다 따뜻한 체온이 느껴져서 '이 개는 살아 있구나.' 하고 새삼 실감했다. 더 행복하게 살게 해 주고 싶다……. 그런 생각도 끓어올랐다.

오후 8시 50분. 불꽃놀이 축제는 드디어 피날레를 맞이하고 있다.

불꽃을 쏘아 올리는 곳에서 조금 떨어진 작은 다리를 건너자, 건물이나 나무도 없고 불꽃이 잘 보이는 전망 좋은 장소가 나타났다.

"기왕 왔으니 잠깐만 밖에 나가 볼까."

내가 그렇게 말했더니, "네? 주인한테 들키면 어쩌려고요." 하고 히로무는 반대했지만, 곤노의 이 한마디에 차 안 전원이 찬성했다.

"이 개, 병 걸렸지 않아? 처음이자 마지막 불꽃놀이일지도 모르잖아."

운전하던 마지마가 차를 갓길에 세우고 시동을 껐다.

내 무릎에 얌전하게 있는 개를 바깥에서 문을 열어 준 아미에게 조심스럽게 건네자, 아미는 천천히 바닥에 발을 딛게 했다. 개는 짖지도 겁먹지도 않고, 바깥바람을 시원하게 맞았다.

연달아 터지는 하늘의 꽃은 펑 하고 커다랗게 피었다가 반짝반짝 흩어졌다.

개의 눈에 불꽃이 어떻게 비칠지는 모르겠다. 하지만 "이게 하늘이야", "너는 자유야"라고 말해 주고 싶었다.

그때, 우리가 타고 있던 차 쪽에서 '마을 임원'이라고 쓴 노란 완장을 찬 남자가 "노상 주차 금지입니다. 길이 혼잡하니 빨리 이동하세요"라고 말을 걸었다.

곤노는 "아이고, 미안함다, 얼른 이동하겠슴다"라고 하고, "자, 갑니다." 하고 모두에게 말했다.

나는 다시 개를 조심스럽게 안고 차에 타려고 하는데,

"고로……냐?"

노란 완장을 찬 남자가 개를 향해 그렇게 말했다. 그리고 나와 히로무의 얼굴을 빤히 보더니 착해 보였던 표정이 확 바뀌었다.

"너희들, 지난주에 우리 집 앞에서 나한테 말 걸었던 인간들? 우리 개를 데리고 무슨 짓 하는 거야!"

그 말에 히로무는 그때와 똑같이 덤벼들었다.

"당신이 나빠! 왜 이 개를 그런 창고에 묶어 놓기만 하냐고!"

"그때부터 고로를 훔치려고 한 거냐! 내가 어떻게 키우건 남인 너희하고 무슨 상관이야! 적당히 해! 경찰 부를 거야!"

그러자 마지마가 "경찰에…… 연락해 주세요"라고 했다.

"무슨 소리 하는 거야, 마지마 군. 머리가 돈 거 아냐?"

곤노가 말하자, 마지마는 남자를 가리키며 진지한 얼굴로 이렇게 말했다.

"이 사람입니다. 이 사람이 300만 엔을 사기 당했어요! 틀림없습니다!"

개 주인은 순간 굳은 모습이었지만, "영문도 모를 소리로 얼버무리지 마!" 하고는 주머니에서 휴대전화를 꺼내 경찰에 전화를 걸려고 했다.

"잠깐만요."

나는 우리 죄를 갚기 전에 사기의 진상을 파헤치고 싶었다.

"당신은 지난주에 모르는 남자에게 300만 엔이나 되는 큰돈을 줬습니까?"

"모르는 사람한테 준 적 없어. 누가 뭘 봤는지 모르겠지만, 그건…… 아들의 상사야. 사기가 아니라고. 근데 너희가 그걸 어떻게 알고 있는 거야?"

남자의 그 질문에 마지마는 미안해 하며 대답했다.

"제가 봤습니다……. 그날, 당신이 제 옆 칸 현금 지급기에서 돈을 인출하면서 전화로 누군가와 통화하는 것부터 그 사람에게 돈을 건넬 때까지……."

"그렇다면 그 사람이 사기꾼이 아니라 아들 상사란 것도 알 테지?"

"아뇨, 그 상사라고 한 남자가 당신과 헤어진 뒤 사기꾼 동료와 통화하는 것도 들었어요. 당신은 속은 겁니다."

"……."

"그렇지만 그 남자, 당신한테 받은 돈을 공원 화장실에 깜박하고 그냥 나가서……."

"……!"

마지마는 울면서 자기가 한 짓을 남자에게 얘기했다.

"도로에서 몇만 엔을 떨어뜨리기도 하고, 애완동물 가게에서 개를 사기도 하느라 당신의 돈에 손을 댔습니다……. 정말로 죄송해요. 전부 돌려드리겠습니다. 지금 부족한 돈을 채워 넣을 수는 없지만, 반드시 전액 갚겠습니다. 정말로…… 죄송합니다……."

마지마가 도서관 차에 부딪히는 바람에 도로에 떨어뜨린 8만 엔은 나와 히로무가 파출소에 맡긴 사실을 남자에게 이야기했다. 그러나 그 남자에게 그런 것은 그리 중요하지 않은 모습이었다.

"그 사람이…… 아들 상사가 아니라고……?"

마지마는 묵묵히 끄덕였다.

"그럼, 아무리 기다려도 아들에게 연락이 오지 않는다는…… 건가."

남자는 기세 좋게 꺼낸 휴대전화를 바지 주머니에 넣었다.

"돈 따위, 아무래도 좋아……."

"네?"

되묻는 내게, 남자는 가까이 와서 이렇게 말했다.

"그 개를 데려가지 말아 줘…… 부탁이야. 그 돈은 당신들한테 줄 테니까 부탁이니 고로를 데리고 가지 말아 줘……."

"……."

"고로까지 데려가면 난 정말로 혼자가 돼……."

"……."

"나한테는 이 아이뿐이야, 내 옆에 있어 준 건 고로뿐이야……."

남자는 매달리듯이 그렇게 말하고 우리한테 깊숙이 머리를 숙였다.

어쩌면 이것이 그의 진짜 모습일지도 모른다……. 그렇게 느낀 것과 동시에 아들과의 희미한 끈이 남자의 마음속에서 뚝 끊기는 소리가 들리는 기분도 들었다. 남자의 눈에서 눈물이 뚝뚝 떨어졌다.

사기꾼을 아들의 상사라고 믿었던 것은 그랬으면 좋겠다는 기대가 있어서일지도 모른다.

결국 기다리고 기다리던 아들에게서 연락도 없고, 한 가닥 희망의 빛도 꺼졌다. 묶어 두었던 이 개만이 남자에게 유일한 가족이다. 좁은 창고에 개를 묶어 둔 것은 가족의 끈이 끊어지는 것을 두려워해서일지도…….

그러나 납득이 가지 않는 히로무는 남자의 눈물을 날리듯이 중얼거렸다.

"그럼 더 소중하게 대해 줬어야 할 거 아니야."

눈이 시뻘게지도록 울던 남자가 고개를 들고 히로무에게 말했다.

"너 같은 애새끼가 뭘 알아? 고로가 우리 집에 왔을 때는 당연히 아주 귀여워해 줬지. 고로도 '손'하고 '앉아'를 했고, 내가 다가가면 꼬리가 떨어져라 흔들었다고. 그게 지금은……
내가 하는 말 하나도 듣지 않아. 싫어하는 건 알고 있지만, 나는 그래도 좋아. 고로가 옆에 있어 준다면, 그걸로 좋아. 그것만으로 좋다고!"

그러자 줄곧 조용히 지켜보던 아미가 입을 열었다.

"그건 아마…… 말을 듣지 않는 것도 아니고, 당신을 싫어하는 것도 아니고, 고로는 손이나 앉아를 제대로 할 수가 없을 거예요."

"……?"

"분명히 몇 년 전까지는 했죠?"

"그렇지, 옛날에는 말을 잘 들었어."

"그렇다면 병이 걸리기 전에는 손도 앉아도 잘했을 거라고 생각해요."

"병……?"

"네, 아마…… 고로는 고관절에 걸렸어요. 고관절에 걸리면 토끼처럼 깡충깡충 걷기도 하고, 아파서 다리를 질질 끌기도 하고……. 원인의 7할은 선천적인 뼈의 발육 이상이지만, 3할이 환경 요인이라고 해요. 편향된 식사로 비만이 되어 고관절에 부담을 주는 것도 발병의 원인이고요."

아미가 얘기를 마치자, 히로무는 확인 사살을 하듯이 말을 받았다.

"영감탱이, 얘가 다리를 못 쓰는 걸 몰랐죠? 봐요, 봐. 제대로 걷지 못한다고요. 이래도 아낀다고 말할 수 있어요? 어째서 제대로 돌봐 주지 않느냐고요! 하늘도 보이지 않는 곳에 묶어 두면 살아 있다고 말할 수 없는 거라고요! 숨만 쉬고 있는 것뿐이라고요!"

남자를 책망하는 히로무의 눈동자에서도 끊임없이 눈물이 흘렀다.

히로무는 이 남자를 나쁜 사람으로 만들고 싶은 게 아니다. 다만 한 마리의 개를 행복하게 해 주고 싶다, 그것뿐이다. 그 마음이 이곳에 있는 모두의 마음에 전해졌다.

히로무의 양어깨에 살며시 손을 얹은 곤노는 격앙된 히로무의 마음을 달래듯이 부드럽게 말했다.

"히로무, 힘든 것은 이 개뿐만이 아냐. 이 사람도 괴로웠어."

그러자 남자는 마음속 저 깊은 말을 토해내듯이, 이런 얘기를 했다.

"나는 내 외로움을 견디는 것만도 벅찼어. 가게를 접은 뒤로는 주민회 일도 성실하게 하며 기분 전환을 하기도 했지. 그래서 이 아이를 행복하게 하는 방법까지는 찾지 못했네……. 고로는 나와 사는 것보다 더 소중히 아껴 줄 사람과 사는 편이 행복할지도 몰라……."

외로움을 견디는 것은 확실히 고통스러운 일일지도 모른다. 게다가 얼마 안 되는 연금 생활로 애완동물을 키우기는 쉽지 않을 것이다. 나도 그렇다. 캠핑카에서 비바람을 피하며 그날 먹을 만큼만 간신히 벌어서 생활하고 있다.

그러나 남자의 사고에 조금 위화감이 느껴져서 그걸 말해 버렸다.

"고독한 생활 속에 애완동물까지 신경 쓰는 것은 힘든 일이라고 생각합니다. 그러나 아껴 주는 방법을 찾을 수 없었던 게 아니라, 당신은 아마…… 찾지 않았을지도 몰라요. 지금부터라도 늦지 않았어요. 고로가 행복하게 살 방법을 같이 찾아보지 않겠습니까?"

나는 주인인 이 남자에게 대답을 듣고 싶었다. 고로에게 새로운 주인을 찾아주는 것이 정답인지, 아니면 키우는 법을 고쳐서 앞으로도 함께 사는 게 정답인지…….

일동이 침묵한 그때였다.

지금까지 내 발밑에 얌전하게 앉아 있던 고로가 벌떡 일어나더니, 뒷발을 총총거리면서 남자 쪽으로 걸어갔다.

"고로……."

남자는 걷기 시작한 고로에게 다가가서 이름을 부르며 머리를 쓰다듬었다.

그러자 고로는 쭈그리고 있는 남자의 무릎에 오른쪽 앞발을 몇 번이고 올리려고 애썼다. 힘없이 꼬리를 흔들면서 높이 올라가지 않는 앞발을 몇 번이고 무릎에 올리려고 했다. 마치 '손'을 하는 것 같은 모습이다. 주인을 올려다보고 "나 할 수 있어요"라고 하듯이, 어색한 '손'을 계속했다.

"고로…… 괜찮아……. 무리하지 않아도 돼……. 아팠구나. 나를 싫어한 게 아니라, 아파서 힘들었구나……. 몰라줘서 미안하다……. 정말로 잘못했다……."

고로에게 행복한 생활은?

고로에게 정말로 안식처는?

그 정답을 내린 것은 고로 자신이었다.

아미는 대견한 고로의 모습을 보고, "마음이란 게 전해지는군요"라고 하며 눈물을 글썽거렸다. 그 말을 들은 남자는 어떤 결심을 한 듯했다.

"아들을 기다리는 건…… 이제 그만두겠습니다. 설령 다시는 돌아오지 않는다 해도, 고로에게 의존하지 않고 현재를 충실하게 살기 위한 방법을 찾으면서, 고로와 함께 살겠습니다."

그 말을 들은 곤노가 "그건 아닙니다"라고 했다.

"나, 당신 아들 만났어요."

엉겁결에 "어째서 곤노가?" 하고 물었더니, 곤노는 이렇게 대답했다.

"고로를 유괴하기로 하고 여러 가지로 신변 조사를 하다가 아들이 벌써 몇 년째 돌아오지 않는다는 걸 알게 됐죠. 그래서 어떤 놈이야! 하고 좀 흥미가 생겨서 조사해 봤죠."

"그래서?"

"아들은요, 아주 고급 음식점에서 요리를 하고 있었어요. 아직 견습생이긴 하지만. 집을 나간 뒤, 다니던 회사를 바로 그만뒀대요. 그리고 아르바이트를 전전할 때, 아버지한테 전화 오는 것이 무서워서 휴대전화 번호를 바꿨대요. 그렇게 돌고 돌아서 식당에서 일을 하다, 요리에 눈을 뜨게 됐다더만요. 그 아들이 이런 말을 하더라고요. '어엿한 요리사가 되면 아버지를 이 가게에 초대하는 것이 꿈입니다'라고. 그러니까 다시 돌아오지 않을 일은 절대 없어요."

곤노에게 아들의 마음을 전해 들은 남자는 또 눈물을 흘렸다.

"그랬구나, 그 녀석…… 열심히 사는구나……. 그래…… 다행이야, 정말로 다행이야. 그 녀석이 회사 돈을 쓰다니, 바보 같은 소리를 믿어 버렸네."

남자의 눈물을 닦아 주듯이 고로는 더 바짝 남자에게 기댔다.

"고로, 같이 그 녀석 돌아오길 기다려 줄래? 힘들게 해서 미안하다. 병원에서 치료받고 걸을 수 있게 되면 이 넓은 하늘 매일 함께 보자. 고로, 이번에야말로 행복하게 해 줄게."

고로와의 행복한 생활을 맹세한 남자는 마치 고독의 끝에서 벗어난 것처럼 개운한 표정이었다.

그리고 불꽃은 드디어 피날레를 맞이했다.

히로무는 태어나서 처음 보는 불꽃놀이에 압도당했다.

"미츠 씨, 하늘이 이렇게 넓었던가요?

"그럼 엄청나게 넓지."

"미츠 씨, 불꽃놀이 대박. 박력이 장난 아니네요."

"그러게, 정말 대박이네."

"미츠 씨, 나…… 언젠가 아이가 생기면 목마 태우기를 해 줄까 봐요."

"아, 그거…… 좋은 생각이네."

우리는 그저 하늘만 올려다보았다.

하늘에 피는 크디큰 꽃이 흩어져 사라질 때까지 마냥 올려다보았다.

훗날

며칠 뒤, 히로무는 아무 일도 없었던 듯이 도서관 차에서 간식을 먹고 있었다.

고로의 주인은 사기꾼과의 대화를 경찰에 보고하고 우리가 파출소에 맡긴 8만 엔을 무사히 찾았다고 한다.

마지마는 남은 돈을 고로의 주인에게 돌려주었다고 한다. 애완동물 가게에서 입양한 포메라니안 값을 포함하여 몇십 만엔이나 써 버린 돈은 조금씩 갚아 나가기로 했다.

맨션 복제 열쇠를 불법으로 만든 곤노는 경찰에 자수하는 대신 열쇠를 버리는 것은 물론, 6개월 동안 아이들 간식을 제공하기로 약속했다. 아이들이 기뻐하는 얼굴을 보는 것으로 착한 마음을 더 키웠으면 해서다.

그리고 아미는 갈 곳이 없어진 마지마와 포메라니안을 자기 집으로 들여서 셋이 살기 시작했다. 포메라니안에게 '티아라' 라는 이름을 지어 주고 마치 두 사람의 자식처럼 귀여워했다. 간식으로 과자를 들고 오는 아미는 언제나 티아라와 함께다.

또 애완동물 미용실에 개를 두고 간 주인이 드디어 데리러 왔다고 무척 기뻐했다. 주인은 젊은 부부였는데, 미용실에 개를 맡긴 후 임신 중인 아내가 갑자기 몸이 안 좋아져서 남편이 병원에 줄곧 머물며 병간호하느라 오지 못했다고 한다. 그러나 지금은 회복해서 순조롭게 지낸다고 한다.

이런저런 일련의 일을 돌이키고 있는데, 아이들이 돌아간 뒤에도 계속 간식을 먹고 있던 히로무가 문득 생각났다는 듯이 말을 걸었다.

"그러고 보니, 미츠 씨 말이죠……."

"응? 또 상처 입히는 말 하지 말아 줘."

"왜 형사를 그만뒀어요?"

"뭐야, 갑자기……. 뭐, 여러 가지 있었지."

"그 '여러 가지'를 묻고 있잖아요."

"어떤 사람을 상처 입혀서……."

"어떤 사람?"

"응."

"누구요?"

"……아들."

"아…… 들?"

"그래, 나한테는 아들이 있었어."

히로무는 과자 먹던 손을 멈추고, 진지하게 물었다.

"있었……다니, 무슨 뜻이에요?"

"내가 형사를 할 때, 어떤 사건에 말려들어서 살해당했어……."

"……!"

"아니, 미안. 거짓말이야. 내가…… 죽였어."

제2화

세 발의 영웅

"미츠 씨가…… 아들을 죽였어요?"

지금까지 미츠 씨는 자신의 과거를 별로 얘기한 적이 없다. 아니, 내가 묻지 않아서일지도 모르지만, 이야기하고 싶지 않은 이유가 있지 않을까, 생각했다. 그러나 설마 자기 아들을 죽이다니 믿을 수 없고, 믿고 싶지 않다.

동요하는 내 마음을 읽었는지, 미츠 씨는 웃는 얼굴을 보이며 이렇게 말했다.

"속았지, 놀랐냐?"

"네?"

"농담이야, 농담. 나 아들 없어. 줄곧 독신이야."

"진짜로요?"

"응, 진짜로."

이 '진짜로'가 거짓말이라고 해도 지금은 따지지 않는 편이 좋을까.

그렇게 생각하고 있을 때, 도서관 차 입구 쪽에서 "히로무?" 하고 나를 부르는 소리가 났다.

입구 쪽을 보니, 같은 반 하루토가 개를 데리고 서 있었다.

"여기 개는 들어가면 안 되나요?"

하루토는 정중하게 미츠 씨에게 물었다.

"아, 개는 들어오면 안 되지만…… 뭐, 지금은 아무도 없으니까 들어오렴."

"다행이다. 이 아이 완전 겁쟁이여서 밖에 묶어 두질 못해서요"라고 하더니, 하루토는 "자, 감다, 같이 들어가도 된대." 하고 개한테 얘기하면서 천천히 도서관 차 안으로 들어왔다.

"어? 저 아이의 다리……."

엉겁결에 소리가 튀어나왔다. 도서관 차에 들어온 개는 다리가 세 개로 오른쪽 앞다리가 없었다.

"아, 이 다리? 우리 집에 왔을 때부터 세 개밖에 없었어. 그래도 잘 걸어."

하루토는 '감다'라는 개의 머리를 쓰다듬으면서 웃는 얼굴로 말했다.

감다는 온몸이 옅은 갈색이고 얼굴은 쭈글쭈글. 축 늘어진 귀는 짙은 갈색이었다. 아마 퍼그라는 견종일 것이다. 고로를 유괴하기 위해 개에 관한 책을 읽을 때, 퍼그의 특징이 나와 있었다.

미츠 씨는 남은 간식을 하루토에게 내밀면서 말했다.

"너, 여긴 처음……이지?"

"네, 전부터 마음에 들었지만, 웬지 혼자 들어가기 그래서……. 근데 지금 살짝 들여다보니까 히로무가 보여서 말을 걸었어요."

차 안을 둘러보면서 하루토는 "대박, 만화책 짱 많아." 하고 솔직한 느낌을 말했다.

같은 반인 하루토는 성실하고 얌전한 성격이지만, 어딘지 모르게 그늘이 있다고 할까, 교실에서도 혼자 있을 때가 많다. 소문 좋아하는 여자아이들에게 들은 이야기로는, 3년 전 태풍 오던 날, 토사 재해로 하루토네 집이 무너져서, 하루토 이외의 가족은 모두 구조되지 못했다고 한다. 그런 슬픈 과거가 하루토에게 드리워진 그늘과 관계있는 걸까.

"히로무는 여기 자주 오니?"

하루토와는 올봄에 같은 반이 됐지만, 처음부터 자연스럽게 나를 히로무라고 불러 주었다. 잘난 척하지 않고 머리도 좋고 그리고 약간 바보 같아 보이는 하루토가 나는 싫지 않았다.

"응, 꽤 자주 와. 간식도 주니까."

"우와, 그렇구나. 그럼 나도 또 올까."

그렇게 말하면서 하루토는 간식인 인절미맛 사탕을 먹었다.

그때, 도서관 차 밖에서 이번에는 곤노의 목소리가 들렸다.

"미츠 씨이~, 있습니까요~."

여전히 화려한 알로하셔츠를 입은 곤노가 갈지자걸음으로 도서관 차 안으로 들어왔다. 손에는 캔 맥주를 들고 있다.

"어이, 양아치 아저씨, 취했네요?"

"오, 나의 미래의 사원! 히로무가 아니더냥~."

"악, 술 냄새, 들어오지 마요, 주정뱅이."

"뭐어? 내가 취했다고? 그래~, 기분이 좋돠~."

혀 꼬부라진 말투로 곤노가 말했다.

어쩐지 규모가 큰 일이 들어와서 낮부터 퍼마신 것 같다.

하루토가 곤노를 빤히 보더니, 이런 질문을 했다.

"히로무, 이 사람…… 양아치야?"

아주 진지한 얼굴로 물었다. 그러자 곤노는 손에 든 캔 맥주를 마저 비우고,

"무슨 실례되는 소릴 하고 그래. 히로무, 이 도련님은 누구냐?" 하고 물었다.

"같은 반 하루토."

"오호, 그러냐. 히로무 친구로구나. 그럼 저기 있는 균형이 안 맞아 보이는 개는 하루토가 데려온 거고?"

세 발인 감다를 보고 곤노가 말했다. 하루토는 또 진지하게 "그렇게 균형이 나쁘지는 않아요." 하고 대답했다.

나는 그 대화가 조금 재미있었다.

곤노는 "내 정체를 하루토에게 가르쳐 주렴." 하고 화려한 셔츠 컬러를 가다듬고, 벌건 얼굴로 늠름한 척해 보였다. 나는 하루토에게 곤노를 적당히 설명했다.

"이 사람, 양아치로 보이지만 사장이야."

"사장? 이렇게 화려한 셔츠를 입고 취한 사람이?"

"히로무, '양아치로 보이지만'은 쓸데없는 소리니까 빼."

"무슨 사장?"

"심부름센터 사장."

"그렇지, 일본 제일의 심부름센터입니다~. 하루토도 장래 우

리 회사에서 일할래?"

"어어…… 저…… 사양하겠습니다."

"충격이네~. 지금부터 취직자리가 정해지면 부모님이 아주 안심할 텐데."

곤노가 건드리면 안 되는 것을 건드린 것 같아서 나는 흠칫 놀랐다.

"어이, 양아치 아저씨, 쓸데없는 소린 하지 말아요."

"왜 그래, 히로무, 무서운 얼굴 하고."

그러자 하루토는 내가 신경 쓰는 것을 눈치 챘는지, "괜찮아, 히로무"라고 하더니, 곤노에게 이런 말을 했다.

"난 부모님이 없어요. 3년 전, 토사 재해로 가족이 전부 죽어서…… 나하고 감다만 살아남았어요. 아, 그렇지만…… 가짜 아빠는 있어요."

"가짜 아빠?"

곤노와 나는 동시에 되물었다. 안에서 책을 정리하던 미츠 씨도 순간 돌아보더니 하루토의 이야기에 귀를 기울였다.

하루토는 3년 전 토사 재해 때 이야기를 했다.

어릴 때부터 아버지가 없었던 하루토는 외갓집에서 살았다. 그런데 어느 추운 겨울밤, 2층 침실에서 엄마와 자고 있을 때,

지진 같은 땅 울림이 있는가 싶더니 집이 순식간에 기울어서 토사라는 이름의 비극이 느닷없이 덮쳤다고 한다.

그때 설명은 듣기만 해도 숨을 못 쉴 것 같을 만큼 최악의 상황이었다. 정경이 리얼하게 눈앞에 떠올랐다. 나는 귀를 막고 싶었다. 동시에 아직 초등학교 2학년이었던 하루토는 그런 일을 잘도 이겨 냈구나…… 존경스러운 마음도 생겼다.

그리고 그때 구조대 중에 하루토 어머니의 친척이 있었다고 한다. 흙투성이의 하루토를 구조하고, 그런 고통스러운 상황에서 재회한 것도 인연이라고 하루토를 양자로 들였다고 한다. 그 친척은 30대 남성으로, 중병 탓에 불임이 됐다고. 그런 이유도 있어서 결혼은 생각지도 않았기 때문에 하루토가 양자가 되어 준다면 기쁘겠다고 제안했다는 것이다. 생판 모르는 사람 집에 가는 것보다 먼 친척이 돌봐 주는 편이 좋겠다는 주위 의견도 있어서, 양자 이야기가 추진됐다고 한다. 하루토는 그 사람을 '가짜 아빠'라고 불렀다.

또 하루토가 기적적으로 살아난 것은 감다 덕분이라고 했다. 토사에 묻힌 캄캄한 집에서 어머니가 하루토에게 감다를 안고 있으라고 시켰다고 한다.

"감다를 꼭 껴안고 있어 보렴. 몸이 따뜻해질 거야. 하루토가 감다를 지키면, 감다도 하루토를 지켜 줄 거야. 하루토, 강한 사람이 돼야 해. 구조대가 올 때까지 절대로 포기하면 안 돼." 하고.

사랑하는 엄마의 말대로 감다를 꼭 껴안고 있었던 하루토는 체온을 놓치지 않아서 72시간이라는 길고 긴 시간을 살아남을 수 있었다.

하루토의 어머니는 사랑이 깊어서 아버지 몫까지 하루토를 사랑해 주었다고 한다.

그러나 차가운 어둠 속에서 보낸 72시간은 지금의 하루토에게 지울 수 없는 트라우마가 됐다고 하루토는 얘기했다.

3년 전 이야기를 차분하게 마친 하루토는 고개를 숙이면서 이런 말을 했다.

"나도…… 가족과 함께 죽어 버렸으면 좋았을 텐데."

그러자 완전히 취기가 깬 것 같은 곤노가 바로 나무랐다.

"무슨 소리 하는 거야! 말 같지 않은 소리. 어머니가 하루토를 살려 주셨잖아. 못된 부모 같으면 자기가 감다를 안고 있었을 거야. 하루토가 생명보다 소중하니까 어머니는 감다를 안겨 준 거야. 죽어 버렸으면 좋았을 거란 말은 하면 안 돼. 천국의 어머니가 우신다고."

필사적인 곤노의 위로도 하루토 마음속 어둠에는 닿지 않은 것 같다.

깊은 슬픔을 가진 하루토여서 어딘지 모르게 그늘이 있는 듯 보일지도 모른다.

하루토는 무언가 떠올린 듯이 이런 말을 했다.

"저기, 곤노 씨."

"뭐냐."

"심부름센터면 보통 사람들이 조사하지 못하는 것도 뭐든지 알 수 있어요?"

"당연하지, 내가 못하는 일은 철봉 거꾸로 오르기뿐이야."

"조사하고 싶은 게 있는데……."

"하여간…… 여기 오면 돈 안 되는 일뿐이라니까. 그래, 뭘 조사하고 싶냐?"

"가짜 아빠."

"하루토네 아빠?"

"네, 문득 그런 생각이 들어요. 나를 양자로 삼은 그 사람이 사실 친아빠가 아닐까…… 하는. 그래서 그 진상을 알아보고 싶어요."

"친아빠라니, 하루토가 세 살 때 가족을 버리고 나간 사람?"

나는 아까 하루토가 얘기한 집안 이야기를 떠올리며 물었다.

"응. 아무리 먼 친척이라고는 하지만, 알지도 못하는 초등학생을 맡아 키운다는 거, 이상하지 않아?"

듣고 보니 그럴지도 모른다. 옆에서 듣기에는 별로 부자연스러운 느낌은 없지만, 어쩌면 하루토밖에 모르는 부모 자식 사이의 '무엇'을 느끼고 있을지도……. 나는 더 물어보았다.

"그럼 만약 친아빠라면 어쩔 거야?"

"그렇다면…… 절대로 용서할 수 없어. 엄마한테 그렇게 고생시키고 태연한 얼굴로 아빠 노릇을 하다니, 난 절대로 용서할수 없어. 그때는 집을 나갈지도 몰라."

그 얼굴은 평소의 하루토와 조금 달랐다. 느긋하고, 조금 바보 같고, 온화한 하루토의 밑바닥에 잠들어 있는 용감한 분노 같은 것을 느꼈다.

곤노는 하루토 이야기를 어떻게 받아들였는지 모르겠지만, "좋아, 출세하면 잘 부탁한다." 하고 언제나와 같은 분위기로 조사 의뢰를 받아들였다.

하루토의 가짜 아빠가 진짜 아빠일까, 아니면 정말로 먼 친척일까, 어느 쪽이 진짜인지 우리는 모른다. 하물며 어느 쪽이 정답인지도 모른다. 하지만 하루토가 진실을 알고 싶다고 생각한다면 그건 알아야 할 때가 와서이지 않을까 생각한다.

"그럼 또 올게요." 하루토는 미츠 씨와 인사를 나누고, 감다와 함께 도서관 차를 떠났다.

✳

히로무가 다니는 이동도서관에 가면 마음이 편안했다. 더 일찍 용기를 내서 들어갔더라면 좋았을걸 하는 생각이 들 만큼, 시간이 금세 지나가는 느낌이었다. 나는 시간이 1초라도 빨리 흐르기를 바란다. 얼른 어른이 되어 자립할 수 있다면, 남한테 신세를 지지 않고 혼자 살아갈 수 있을 텐데. 지난 3년 동안 그렇게 생각해 왔다. 시설에서 사는 히로무도 이런 생각을 할 때가 있으려나.

심부름센터의 곤노라는 화려한 사람은 취하기는 했지만 바탕은 착해서 내 이야기를 진지하게 들어 주었다. 오랜만에 그날 이야기를 해서 조금 감정적이 됐지만, 그들에게 얘기하길 잘한 것 같기도 하다. 다른 사람에게 털어놓았더니 토사 속에 남겨진 내 마음이 더는 고독하지 않은 느낌이 든다…….

어떻게 하면 그 어둠에서 벗어날 수 있을까.

어째서 나는 혼자가 돼 버렸을까.

고독의 끝이 이르는 곳은 대체 어디일까.

보이지 않는 바닥으로 계속 가라앉고 있는 나는 언젠가 사라져서 없어지진 않을까.

엄마가 보고 싶다……. 자상했던 엄마를…….

언제나 내 편이었던 엄마를…… 만나고 싶다.

철이 들었을 때는 아빠라는 존재가 내게 없었다. 언제부턴가 할아버지와 할머니 집에서 살게 됐고, 엄마는 일하러 가서 집을 비웠다. 그러나 쉬는 날은 꼭 함께 있어 주어서, 나는 외롭지 않게 지냈다.

언제부턴가 곁에 있었던 감다는 아빠가 데려온 개라고 엄마가 말했다.

감다는 주인의 학대로 나무에 매달려 있던 것을 아빠가 구했다고 한다. 나무에서 내릴 때 묶인 쪽의 다리는 이미 괴사하여 절단할 수밖에 없었다고 한다.

우리 집에 왔을 때는 완전히 겁을 먹고 있었지만, 나와는 바로 친해졌다고 엄마가 말했다. 오래전부터 '감다'라고 불러서 왜 그런 이름이 붙었는지 나는 모른다. 하지만 감다는 내 형제가 돼 주었다. 그리고 그 어둠 속을 함께 보내며 함께 살아남아서, 나와 함께 고독의 끝을 걸어 주고 있다.

집에 도착하니 현관 밖까지 카레 냄새가 떠돌았다. 감다의 발을 닦아 주고, 집 안으로 들어갔다. 앞치마를 한 가짜 아빠가 주방에서 나와 "어서 와라"라고 했다. 나와 살게 된 뒤로 일은 되도록 초저녁까지 하도록 직장에 양해를 구했다고 한다. 나는 혼자여도 괜찮다고 말했지만, 이 사람은 자기 방식을 관철했다.

"다녀왔습니다."

"어서 와라, 하루토. 카레가 다 됐어, 손 씻고 와."

"네."

키가 크고 얼굴이 홀쭉하고 스포츠맨 체형의 이 사람은 몸집이 자그마하고 통통한 엄마와 정말로 친척일까. 얼굴을 요모조모 뜯어 봐도 하나도 닮지 않았다. 오히려 조금 뾰족한 코끝이 나와 닮은 것 같다. 그렇게 생각해서 그런가.

이렇다 할 대화를 나누는 법도 없이 우리는 언제나 묵묵히 식사를 한다.

만약 이 사람이 내 친아빠라면…… 엄마가 살아 있다면 기뻐했을지도 모른다. 엄마는 아빠를 굉장히 사랑했으니까.

내가 어릴 때, "어째서 이 집에는 아빠가 없어?" 물으면, 엄마는 늘 이렇게 대답했다.

"아빠는 아빠밖에 할 수 없는 일을 하고 있어. 그 일이 끝나면 꼭 돌아오실 거야."

어린 나는 무슨 소린지 이해하지 못했다.

그러나 지금은 아빠가 가족을 버렸다는 걸 안다. 엄마는 내게 상처 입히지 않으려고 그렇게 말해 왔을 것이다.

아빠를 모르는 채 세월이 흐르고, 엄마도 할아버지도 할머니도 다 죽고, 나는 외톨이가 됐다.

그렇다고 해서 가짜 아빠가 필요하지는 않다. 아무리 둘이 산다 해도 외로움이 채워지는 일은 없다. 게다가 이 사람은 나를 양자로 들여서 주위로부터 착한 사람이라는 인정을 받은 것뿐이다. 불쌍한 아이를 거둬 주었다는 자기만족에 지나지 않는다. 그래서 한 번도 '아빠'라고 부른 적이 없다.

나는 이 사람의 인생에 휘둘리고 싶지 않다.

다만…… 약간 뾰족한 코끝도, 손톱 모양이나 좋아하는 음식도 나와 비슷해서 날이 갈수록 이 사람은 친아빠가 아닐까? 하는 의문이 커진다.

게다가 나 이외의 사람에게 마음을 열지 않는 감다가 유일하게 이 사람은 잘 따른다.

만약 친아빠라면 어째서 먼 친척이라고 거짓말을 하는 걸까.

친아빠건 아니건, 지금의 나는 사실을 모르면 앞으로 나아갈 수 없다. 같은 곳을 빙글빙글 계속 도는 팽이처럼 앞으로 나아갈 수 없다.

며칠이 지나 방과 후, 히로무가 같이 도서관 차에 가자고 말을 걸었다.

심부름센터 곤노 씨가 조사한 결과를 들려준다고 했다.

오후 5시 지나서 도서관 차에 온 아이들이 모두 돌아갔을 무렵, 감다를 데리고 나와 히로무는 도서관 차 안으로 들어갔다.

"어이, 하루토, 간식 챙겨 뒀다."

관장 미츠 씨는 이마가 넓고 배가 볼록해서 마치 오뚝이같이 생겼지만, 처음 봤을 때부터 착하게 생겼다는 인상을 받았다. 히로무 얘기로는 전직 형사라고. 그러나 하나도 그렇게 보이지 않는다.

"고맙습니다. 잘 먹겠습니다."

말은 그렇게 했지만, 간식이 목에 넘어가지 않았다.

그때, "알로~하~" 하는 소리와 함께 심부름센터의 곤노가 도서관 차 안으로 들어왔다. 오늘은 감색 셔츠에 청바지, 요전에 만났을 때보다 조금 수수한 느낌이다.

"헤이, 양아치 곤노 씨. 오늘은 수수하네요."

히로무는 곤노 씨에게 나와 같은 감상을 말했다.

"히로무, 여기에는 이런저런 사연이 있단다. 이런 수수한 옷, 내가 입고 싶어서 입는 게 아냐."

"사연이라니요?"

"하루토네 아빠 일을 조사하다 보니 최근 딱딱한 곳에 갈 일이 있어서 말이야. 뭐, 자세한 얘긴 놔두고."

"그래서 하루토의 가짜 아빠 정체는 알았어요?"

"자자, 너무 서두르지 말고."

곤노 씨는 미니 냉장고에서 맘대로 페트병 차를 꺼내더니 뚜껑을 열고 꿀꺽꿀꺽 기세 좋게 마시고, 크게 트림을 했다.

"결론부터 말하자면 하루토와 지금 같이 사는 사람은⋯⋯"

나는 침을 삼켰다. 감다를 꽉 껴안고 곤노 씨의 눈을 똑바로 보니 곤노 씨도 내 눈을 똑바로 보며 이렇게 말했다.

"하루토의 예상대로 친아빠였어."

"친⋯⋯아빠?"

무의식적으로 작은 소리로 따라 했더니, 곤노 씨는 "그래, 같은 핏줄의 친아빠야." 하고 내 뇌에 직행하는 말을 했다.

"다만…… 이 말은 하는 게 좋을지 망설였지만……"

"말해 주세요. 나는 진실을 알고 싶어요."

"아빠에 관해 조사하다 알게 된 건데……."

곤노 씨는 무언가 말하기 곤란한 듯했다. 나는 어쨌건 앞으로 나아가고 싶다. 캄캄한 토사 속에서 멈춰 있는 나를 전진하게 하고 싶다. 그래서 어떤 진실이든 받아들일 각오가 돼 있다.

"부탁합니다. 말해 주세요."

"그렇다면 말해 주겠지만 말이야, 하루토네 아빠는 친아빠였지만……"

"……."

"엄마는 하루토와 피가 다른 엄마였어."

"……!"

"친엄마는 하루토를 낳고 바로 세상을 떠나셨대. 아빠 혼자 고생하며 갓난아기인 하루토를 돌봤다더구나. 그래서 친엄마가 세상을 떠난 뒤에 얼마 지나지 않아, 아기를 데리고 재혼했대."

"그게…… 우리 엄마……?"

"……그래. 아직 돌도 되기 전이니 기억이 없는 게 당연하지."

같이 사는 그 사람은 친아빠고, 다정했던 그 엄마는 가짜…….

무엇이 진실인지 모르는 편이 좋았을까.

진실을 알면 앞으로 나아갈 수 있다고 생각했는데, 이래서야 조금도 나아갈 수 없다. 뿐만 아니라, 역사까지 다시 칠해져서 뒤로 물러날 수도 없을 것 같다.

"다만 말이야, 아빠가 집을 나간 것은……"

나는 안절부절못하고 있다가 감다를 데리고 도서관 차를 뛰쳐나왔다.

"하루토!"

히로무의 목소리가 들렸지만, 나는 돌아보지 않고 달렸다.

나는 대체 누구인가,

우리 엄마는 누구인가,

내가 있어야 할 곳은 어디인가,

전부 알 수 없어졌다.

감다도 세 발로 열심히 달렸다.

무아지경으로 달려서 어디를 어떻게 왔는지 모른다. 문득 돌아보니 구불구불 좁고 긴 자갈길이 달빛에 비쳐, 마치 저세상에 온 것처럼 느껴졌다. 모르는 길이어서 그렇게 느껴지는지도 모른다. 음산할 정도로 조용한 공간에서 나와 감다는 멈춰

섰다.

숨을 가다듬고 앞을 보니 평소에는 멀리 보이던 산이 바로 코앞에 우뚝 서 있다.

"이렇게 멀리까지 와 버렸네……."

이미 주위는 캄캄했다.

산속에는 야생 동물이 있어서 낮에도 아이들이 발을 들이는 일은 없다.

하물며 가로등 하나 없는 산속은 해지면 "절대 들어가면 안돼." 하고 선생님이 단단히 일렀다.

그러나 나는 돌아갈 곳이 없다. 진짜 가족이 없다. 가짜라고 생각했던 아빠가 설령 친아빠라고 해도 그렇다면 더욱 같이 있고 싶지 않다.

결국 나는 무엇을 위해 살고 있을까.

그런 생각을 하고 있을 때, 산으로 돌아가는 박쥐 무리가 바로 머리 위를 지나갔다.

검은 용이 하늘에서 춤추듯이 나와 감다의 머리 위를 지나가는 박쥐 무리는 공포 영화의 한 장면처럼 너무나 음산했다. 그런 광경에 놀란 감다는 나를 돌아보지도 않고, 산속으로 산속으로 돌진했다.

"감다! 기다려, 감다!"

발밑도 보이지 않는 캄캄한 산길은 그날의 토사 속을 연상케 했다.

끝없이 보이는 초목을 헤치고, 감다가 달려간 쪽으로 가니 동굴 입구가 나왔다.

"감다! 여기 있니? 감다!"

입구가 좁아서 안이 어떻게 생겼는지 짐작도 가지 않는다.

주인에게 학대받았던 감다는 다른 개보다 더 겁쟁이여서 스스로 돌아오지 않을지도 모른다.

어떡하지, 누군가를 불러 오는 게 좋을까. 그러나 무작정 달려와서 돌아가는 길도 모른다.

나는 이 어둠 속에서 죽는 걸까.

그것이 내 운명일까.

＊

아내와 세 살 난 아들을 두고 집을 나온 지, 5년이란 세월이 흘렀다.

아들을 친아들처럼 키워 주고 있는 아내에게는 미안하지만, 그때는 그렇게밖에 할 수 없었다······.

첫 번째 결혼 때, 심장에 지병이 있던 아내는 아들 하루토를 출산하자마자 세상을 떠나, 남자 혼자 아이를 키우게 됐다.

줄곧 꿈이었던 구조대 시험에 막 합격했을 때였지만, 갓 태어난 아들과의 생활을 생각하면 구조대로 활동하기는 어려워서 할 수 없이 꿈을 포기했다. 그리고 해외에서 자원봉사 활동했던 경험을 살려서 환경전문학교 강사 일을 하기로 한 것이다. 이사장의 배려로 때로는 하루토를 업고 수업하는 일도 있었지만, 그것은 고생의 연속이었다.

하루토가 돌이 지났을 무렵, 자원봉사 시절 동료 소개로 한 살 아래인 사치를 만났다. 사치는 정말 착하고 아이를 좋아해서 하루토도 금세 잘 따랐다.

얼마 전까지 개발도상국에서 일본어 강사를 했다는 그녀와는 얘기도 잘 통해서 우리 관계는 점점 진지한 교제로 발전했다.

그리고 반년이 지났을 무렵, 자연스럽게 혼인 신고 얘기가 나왔고, 사치는 하루토의 엄마가 돼 주었다. 배려 깊은 그녀에 대한 나의 애정은 점점 커졌다.

그런 어느 날, 구조대의 꿈을 포기한 내게 행운의 이야기가 날아왔다.

같은 현의 소방청에서 결원이 생겼는데 구조대로 활동하지 않겠느냐는 권유를 받은 것이다. 나는 당장 사치에게 의논했다. 그러자 그녀는 망설임 없이 찬성해 주었고, 나는 당당하게 구조대의 일원이 됐다.

나는 인생을 거는 마음으로 눈앞에 일어나는 '사건들'과 마주했다.

그리고 구조대로서 활동을 시작하고 일 년 반이 지났을 무렵, 현 내에 있는 산 중턱 지점에서 개가 나무에 매달려 있다는 신고가 들어왔다.

구조대는 기본적으로 동물 구조를 할 수 없지만, 자력으로 탈출하지 못하는 상황일 때나 2차적 재해 위험성이 있을 때는 동물 구조를 하러 나가기도 한다.

당장 매달려 있는 개에게 달려가자, 너무나도 처참한 상황이 우리 눈에 비쳤다.

신고자가 가리키는 곳에는 한쪽 앞발을 묶은 끈을 높은 나뭇가지에 둘둘 감아서 허공에 붕 떠 있는 개가 있었다. 순간, 의식이 없는 게 아닌가 했지만, 온힘을 다해 줄을 끊고 바닥에 살며시 내려놓자, 개는 작은 소리로 멍멍 울었다.

"너무하네……. 대체 누가 이런 짓을……."

줄이 묶였던 다리는 힘이 들어가지 않는 모습이어서, 개를 안고 하산하여 동물병원으로 데리고 갔다. 그랬더니 줄이 묶였던 다리는 이미 괴사해서 절단해야 한다고 했다.

다리 외에도 학대받은 흔적이 많아서 우리는 그 일을 경찰에 신고했다.

경찰 조사로 이웃에 사는 20대 남자가 개 주인이란 것이 판명됐다. 나무에 매단 이유는 '잘 따르지 않아서'. 단지 그것뿐이었다고 한다. 그는 동물보호법 위반으로 체포됐다.

세 발이 된 개의 치료비는 구조대로서 지불할 수 없지만, 나는 왠지 이 개를 놓을 수가 없었다. 사람에게 겁먹고 있긴 해도 쭈글쭈글한 얼굴은 애교도 있고 성격도 얌전해서, 말로는 표현할 수 없지만 사이좋게 지낼 수 있을 것 같은 기분이 들었다.

"그래, 하루토의 형제가 돼 줄지도……."

이제 곧 세 살이 되는 하루토는 내성적인 경향이 있어서 공원에서도 혼자 논다고 사치가 그랬다. 아픔을 아는 이 개라면 얌전한 하루토와 사이좋게 지내줄지 모른다. 그리고 하루토도 개를 돌보면서 조금씩 자립하지 않을까.

나는 개인적으로 치료비를 지불하고 퇴원한 세 발의 개를 집으로 데리고 오기로 했다.

집에 데리고 오니 아내는 무척 놀란 모습이었지만, 하루토는 겁도 없이 개한테 다가가서 부드럽게 얼굴을 쓰다듬으면서 "감다 같아." 하고 웃으며 말했다.

퍼그인 듯한 개는 얼굴이 쭈글쭈글해서 아이 눈에 일그러진 감자처럼 보였던 게다. 하루토는 '감자'라는 발음이 되지 않아서 개를 '감다, 감다'라고 불렀다. '감다'는 서서히 하루토에게 마음을 열기 시작하여, 하루토 침대에서 같이 자게 됐다.

그렇게 겁쟁이였던 개가 하루토에게는 마음을 열었다. 나는 우리 집에 데려오길 잘했다고 새삼스럽게 생각했다.

그리고 몇 달 뒤, 나는 국제긴급구조대 구조팀 대원으로 해외에 파견을 나가게 됐다. 내 일에 보람이 점점 커져 갔다.

그러나 커져 가는 보람과는 반대로 아내는 내 일을 반대했다.

국제긴급구조대로 가지 말아 주었으면 해……라고. 그런 아내의 마음 또한 나날이 커져서 어느 날은 이런 말을 했다.

"당신, 하루토를 위해 위험하지 않은 일로 바꿔 줄 수 없어?"

나는 놀랐다. 지금까지 내 꿈을 응원해 주었던 아내가 설마 이런 말을 할 줄이야…….

그러나 아내는 하루토를 친아들처럼 사랑한다. 그 마음이 커지면 커질수록 내가 위험한 입장에 처하는 데 불안을 느꼈을 것이다.

"왜 그래, 갑자기……."

"하루토 말이야, 동생 갖고 싶대. 내성적인 성격이어서 나도 하루토에게 형제를 만들어 주고 싶어. 그리고 여행 같은 것도 많이 데리고 다니고 싶어. 가족끼리 추억이 될 일을 체험하게 해 주고 싶어. 제발 부탁이야. 전직을 진지하게 생각해 주지 않을래?"

아내의 마음은 안다. 하지만 나는 구조대라는 일에 긍지를 갖고 있다. 남은 인생을 걸고 싶은 일이다. 그걸 쉽게 그만둘 수 없다.

아내가 품은 응어리는 작아지지 않은 채, 마치 싸우고 이별하듯 나는 해외로 떠났다.

그러나 가족의 마음을 무시하고 멋대로 떠난 나는 파견지에서 큰 벌을 받고 말았다…….

어느 병원에 화재가 발생해서 환자 구조를 하러 갔을 때, 생존율이 극히 낮다고 하는 감염증 환자 접촉 방법에서 실수하여, 내가 감염되고 말았다.

다만 감염됐다고 해서 반드시 발병하는 건 아니다. 균이 몸속에 잠복한 채 계속 생존할 수 있다. 하지만 그 때문에 제약을 받는 생활이 됨과 동시에 가족이 편견의 시선을 받는 걸 각오해야 한다. 게다가 하루토에게 형제를 만들어 주는 것도 할 수 없다.

이렇게 될 줄 알았으면 사치가 바랐던 대로 구조대를 그만둘걸……. 그러나 그때 나는 그런 선택을 할 수 없었다. 일에 대한 자부심, 보람, 인생을 건 폭주라고도 할 만한 행동을 제어할 수 없었다. 가족을 위해서가 아니라, 나를 위해서만 일했던 것을 이런 형태로 후회하게 되다니…….

적어도 하루토에게 형제를 만들어 주었더라면 좋았을걸. 하루토에게 형제를 만들어 주었더라면 사치를 진짜 '엄마'로 만들어 줄 수 있었을 텐데……. 물론 그녀는 하루토를 친아들처럼 사랑한다. 앞으로도 분명 책임을 갖고 하루토를 키워 줄 것이다. 하지만 마음 한 편으로 같은 핏줄인 아들을 원하지 않았을까.

이렇게 되기 전에 가족으로서 해 줄 수 있는 일은 얼마든지 많았을 터다. 형제를 만드는 것뿐만이 아니라, 세 식구 추억 만들기 여행도, 감다를 데리고 바다에 가는 것도……

앞으로 아마도 가족과 함께 살 수 없을 것이다. 가족에게 감염시키느니 죽는 편이 낫다. 차라리 지금 당장 죽어 버릴까. 사치는 아직 젊어서 재혼도 할 수 있다.

그렇다, 새로운 인생을 시작하면 하루토에게 형제가 생길지도 모른다. 감염증을 앓는 남편 병간호를 하며 평생을 휘둘리다니, 사치에게는 절대 그런 일을 시키고 싶지 않다.

나는 며칠이고 생각했다. 답이 나오지 않는 밤을 몇 번이나 보내고, 그래도 계속 생각했다.

감염증으로 죽어 가는 내가 지금 가족을 위해 할 수 있는 일은 무엇인가……

그리고 나는 그 답을 찾아냈다.

가족을 버린 몹쓸 아빠가 되면 된다고. 그러면 슬퍼할 사람이 아무도 없다. 세상에서 편견을 가진 시선으로 보는 일도 없다. 당당하게 새출발할 수 있다……

나는 사치에게 편지를 썼다.

　사치에게
　미안하지만, 나는 꿈을 버릴 수 없어. 그러니까 이제
　일본으로 돌아갈 생각이 없어.
　앞으로는 하루토와 둘이서 살아가길 바라. 미안해.

단 세 줄의 편지지만, 사치와 하루토의 얼굴을 떠올리니 가슴이 찢어져서, 간신히 썼다. 일본에 부탁해서 보내 받은 이혼 신고서와 함께 그 편지를 보냈다.

현지 스태프에게는 만약 내가 죽어도 병으로 죽었다는 말은 절대로 가족에게 전하지 말고, 보험금은 위자료로 전해 달라고 부탁하고, 외국에서 혼자만의 투병 생활을 시작했다.

첫 1년은 살아도 살아 있다는 느낌이 들지 않았다. 죽음과 이웃한 날들로, 몸무게가 15킬로그램이나 빠졌다. 매일 단련했던 근력도 떨어지고, 희망도 서서히 사라져갔다.

더는 고독을 견디지 못하겠다고 생각한 적도 셀 수 없이 많았지만, 2년이 지났을 무렵 몸속에 증식하던 균의 수치에 변화가 생겼다. 조금씩이기는 하지만, 회복 방향으로 향하고 있는 게 아닌가.

또 몇 년이 지났을 무렵에는 의사나 간호사가 열심히 치료해 준 덕분에 나는 거의 기적적으로 완치했다.

그 후로는 사회 복귀를 위해 몸을 단련하면서 현지에서 농사 일을 도우며 살았다.

살아남은 뒤의 모습은 상상하지 않았기 때문에 마치 다시 태 어난 듯한 생활이었다.

죽기를 각오한 뒤 한참 세월이 흘렀고, 나는 병을 이겨 냈다. 체중은 원래대로 돌아오고, 체력도 원래대로라고 할 정도로 단련했다. 하지만 이제 와서 일본에 돌아가 봐야 내가 있을 곳은 없다. 불쑥 가족을 찾아간다는 건 너무 이기적이다. 가장 육아로 힘든 시기를 사치에게만 맡겨 놓았으니……. 게다가 사치에게 하루토는 친아들도 아니다. 얼마나 고생했을까. 아 니, 어쩌면 새로운 가족을 만들어서 옛날과는 완전히 다른 생 활을 시작했을지도 모른다.

문득 생각했다.

무엇을 위해 혼자 싸운 것일까.

무엇을 위해 나는 살려고 한 것일까…….

그럭저럭 하는 동안, 이곳에 온 뒤로 5년의 세월이 흘렀다. 마침 그때, 일본에서 구조 활동에 복귀하지 않겠느냐는 제안이 왔다. 현지에서 간호사를 하던 일본인 스태프가 귀국 후에 내가 완전히 회복한 것을 동료에게 알린 것 같다.

나는 며칠이나 고민하다, 그 제안을 받아들이기로 했다. 가족과는 원래대로 돌아가지 못하겠지만, 적어도 꿈이었던 일은 계속하고 싶다. 그렇게 생각했다.

5년 만에 귀국한 일본은 아무것도 달라지지 않았다. 달라진 거라면 내게는 이제 가족이 없다는 것. 세 살이었던 하루토는 초등학교 2학년이 됐겠지.

내가 버린 가족이 그리워서 미칠 것 같았다. 하지만 그때는 그렇게 할 수밖에 없었다. 몇 번이고 내게 그렇게 일렀다. 나는 정말로 다시 태어났다는 마음으로 일본에서 새로운 생활을 시작했다.

구조대로서 복귀해서 얼마 되지 않아서, 인접한 마을 전체에 폭우 주의보가 내릴 정도로 엄청난 태풍이 덮쳤다. 소방서 전화는 끊임없이 울렸다. 사치의 친정 마을이 토사 재해를 입었다는 신고도 들어왔다.

혹시 사치와 하루토가 그곳에서 산다면…… 그리고 지금, 내 얼굴을 보면 분노가 넘쳐흐르겠지. 단 세 줄짜리 편지를 일방적으로 보내고 연락을 끊은 전남편 얼굴 따위 이미 잊었을까.

하루토는 아마 내 얼굴을 기억하지 못하겠지만, 그 편이 낫다.

몹쓸 아버지라고 생각하는 편이 슬퍼하는 것보다 덜 고통스럽다.

사치의 친정 근처에 갔더니 벼랑이 무너져서 집들은 토사에 깔려 있었다.

보기에도 무참한 광경에 넋을 놓고 있을 틈이 없었다. 생존을 확인해야 한다……

토사에 깔린 사치의 친정집 마당에는 남자아이용 자전거가 흙에 묻혀 있었다.

'역시 하루토는 이곳에서 살고 있었구나!'

어쩌면 나는 이 날을 위해 살아남았을지도 모른다.

가족을 구하기 위해 나는 지금 살고 있을지도 모른다.

하루토의 것으로 보이는 자전거를 발견한 순간, 그렇게 확신했다.

사치가 어떻게 생각하건 절대로 구하고 말겠다. 반드시 구조할 것이다.

그러나 그런 내 결의는 자연의 공포에 지워지고 있었다.

구조 활동을 개시한 지 72시간이 지나고, 사치의 집에서 어른

세 명의 어이없는 모습이 발견됐다. 사치와 사치의 부모님이었다.

하루토의 생존을 기도하며 눈물을 삼키고 찾아다니다가, 지붕 기와 아래의 희미한 틈에 동그랗게 웅크린 하루토의 뒷모습을 발견했다. 엉겁결에 "하루토!" 하고 부르면서 양어깨를 안아 올리자, 따뜻한 체온이 느껴졌다. 하루토는 개를 꼭 껴안고 있었다. 그것은 전에 내가 구조한 세 발의 감다였다. 하루토는 감다를 계속 껴안고 있어서, 차가운 빗속에서도 체온을 놓치지 않을 수 있었다.

이것은 운명인가…….

하루토와 감다는 기적적으로 살아 있었다…….

나는 신이 준 이 기적의 재회를 절대 헛되이 하고 싶지 않다.

어떡하든 하루토와 함께 살 수 없을까.

친아빠라는 것은 평생 알리지 않아도 된다.

하루토 곁에 있을 수 있다면 그걸로 충분하다.

몸속까지 얼어붙는 추위 속, 나는 구조대 한 사람으로서 하루토를 세게, 세게 껴안았다.

곤노에게 진상을 들은 하루토는 세 발의 감다를 데리고 도서
관 차에서 뛰쳐나가 버렸다.

히로무가 부르는 소리도, 내가 부르는 소리도, 아마 그에게는
들리지 않았을 것이다.

가장 사랑하는 엄마가 남일 줄이야……. 상상도 하지 못한 사
실일 것이다. 마치 역사를 덧칠하는 듯한 충격을 받았을 게
분명하다.

그리고 몇 시간이 흘러 밤도 깊어질 무렵, 히로무에게 전화가
왔다.

웬걸, 하루토가 아직 집에 돌아오지 않았다고 한다. 하루토 아
빠가 히로무가 사는 시설에 "아들이 혹시 거기 놀고 있습니
까?" 하고 연락을 했다는 것.

나와 히로무는 아까 일이 원인이라고 확신했다.

"미츠 씨, 무슨 일입니까?"

그 뒤로 도서관 차에 남아 계속 술을 마시던 곤노는 그대로
잠이 들었다.

"하루토가 집에 돌아오지 않은 것 같아."

"예에? 왜요?"

"네가 사실을 있는 대로 털어놔서 그렇잖아."

"내 탓이라고요? 너무하네……."

"어쨌든 빨리 하루토나 찾으러 가자."

나는 곤노를 태우고 히로무가 사는 시설로 향했다. 그리고 대기하던 히로무를 태우고 셋이서 하루토를 찾으러 가려고 하는 그때, 도서관 차 뒤에서 원장이 쫓아왔다.

"지금 막 하루토 아빠에게 연락이 왔는데, 하루토…… 입산금지 구역인 산속에 있는 것 같아요!"

원장 얘기에 따르면, 개와 함께 3킬로미터 정도 떨어진 입산 금지된 산에 들어가는 것을 근처 사는 주민이 보았는지, 어두워져도 내려오지 않아서 구조대에게 신고했다고 한다.

"어떡하지……. 하루토 무사하겠죠?"

"무슨 소리야, 히로무. 당연하지."

"그래, 산속은 캄캄할 거야. 앞이 보이지 않아서 그리 깊이 들어가진 않았을 거야."

그렇게 말하면서 그 산에서 위험한 일을 당한 사람의 이야기를 떠올렸다.

그 산은 관광객이 등산할 만한 산이 아니라, 발판이 전혀 정비되어 있지 않다. 몇 년 전, 담력 겨루기 한다고 산에 들어간 고등학생 3인조 중 한 명이 발이 미끄러져서 벼랑에서 추락한 사건도 있었다. 그 고등학생은 돌아오지 않는 사람이 돼버렸다.

물론 하루토가 그런 일은 당하지 않을 거라고 믿지만, 하루토는 불빛 하나 없는 어둠 속에서 잘 견디고 있을까. 토사 재해로 어둠이 트라우마가 됐다고 하는데, 패닉을 일으키진 않았을까.

우리는 어쨌든 도서관 차를 타고 그 산으로 달렸다.

히로무의 시설에서 3킬로미터 정도 떨어진 산 부근에는 초등학교가 없어서, 이 지역 사람은 히로무와 하루토네 초등학교에 다닌다. 그러니 하루토를 발견한 사람도 같은 초등학교 학부모였을 것이다. 불행 중 다행이라고 해야 할까, 산으로 들어가는 하루토를 본 사람이 있어서 정말로 다행이었다.

산기슭에 도서관 차를 세우고 밖으로 나가 보니 이미 수십 명의 구조대원이 손전등을 들고 등산을 시작했다. 오긴 했지만 어떻게 해야 좋을지 몰라 우왕좌왕하고 있으니, 등 뒤에서 "하루토는! 하루토는 찾았습니까?" 하고 큰 소리로 구조대에게 묻는 목소리가 들렸다.

돌아보니 30대로 보이는 키가 큰 남자가 초조한 모습으로 구조대에게 묻고 있었다. 하루토의 아빠인 듯한 그 남성에게 히로무가 말을 걸었다.

"저기, 하루토네 아빠예요?"

"엉? 아, 그런데…… 너, 혹시 히로무? 맞지, 아까까지 하루토와 같이 있었지? 뭔가 다른 모습은 없었니?"

히로무 옆에서 얘기를 듣고 있던 나는 하루토가 진실을 알게 된 걸 말해야 할지 망설였다.

하지만 그 말을 지금 전한다고 하루토가 발견되는 건 아니다.

"아뇨, 별로……."

히로무도 아마 같은 마음이었을 것이다. 어쨌든 지금은 하루토가 무사하기만 빌며 행방을 찾아야 한다……. 막 그렇게 생각한 직후,

"찾았어요!"

하루토가 산기슭에서 400미터 떨어진 곳에 웅크리고 있는 것을 발견했다고 한다. 하루토 아빠는 산을 향해 바로 달려갔다.

"나도 갈게!"

히로무는 하루토 아빠 뒤를 쫓아갔다. 나와 곤노도 그 뒤를

따라, 작은 불빛을 의지하여 산으로 들어갔다.

여름인데도 산속은 서늘한 공기로 덮여 있었다.

하루토 아빠 뒤를 따라서 400미터쯤 안으로 가니, 동굴 같은 곳 입구에 도착했다. 입구 앞에서 쭈그리고 있는 하루토의 모습이 보이자, 아빠는 빠른 걸음으로 다가갔다.

"하루토! 왜 이런 산속에 들어온 거야! 이 산이 위험하다는 건 알고 있지?"

그러자 하루토는 벌떡 일어나, 덤벼들듯이 아빠에게 말했다.

"시끄러워! 걱정하는 척 그만해! 나랑 엄마를 버렸으면서!"

"……!"

"왜 또 내 앞에 나타난 거야! 왜 엄마를 버린 거야! 왜 엄마는 내 친엄마가 아닌 거야!"

"하루토…… 어떻게 그걸……."

역시 하루토는 상당히 혼란스러워하고 있다. 미칠 것 같은 마음을 안고 집에 돌아갈 수 없었던 것이다.

있을 곳을 잃고, 이 세상에서 오로지 혼자가 돼 버린 아이처럼 흐느껴 울고 있는 하루토의 눈물은 슬픔의 방울처럼 보인다.

하루토의 비통한 울부짖음이 주위에 울려 퍼진 탓인지, 보이지 않던 감다의 울음소리가 멀리서 들렸다. 웅웅거리는 듯한 그 소리는 겁을 먹고 있는 것 같다.

"빨리 감다를 구해 줘! 저 안에 들어가 버렸어. 아까보다 소리가 점점 안으로 들어가고 있어……."

"감다가 저 동굴 속에?"

"안쪽이 벼랑이면 어떡해! 빨리 구해 줘!"

"그렇게 말해도…… 입구가 너무 좁아서 지금 당장 들어가는 건 아무리 봐도 어렵겠지? 잠깐 생각할 시간을 줘. 그리고 구조대는 기본적으로 동물 구조를 할 수 없어. 자력으로 탈출하지 못하는 경우나 2차적 재해 발생이나 위험성이 있을 때는 별개지만, 감다는 자기가 돌아올 수 있는 상황이니 기다릴 수밖에 없어."

"어째서 그렇게 남 일처럼 얘기해? 친아빠라며? 그렇다면 구해 줘! 친아빠라면 구해 줘! 구조대로서가 아니라, 아빠로서 내가 하는 말을 들어 줘!"

"……."

"얼른, 빨리!"

"……알겠다."

그렇게 말하고 하루토의 아빠는 동굴 입구까지 하루토의 손을 끌고 갔다.

"네 손으로 감다를 데려와라."

"……! 평소에는 뭐든 '좋아'라고 했잖아! 왜 정말로 도와주길 바랄 때는 들어주지 않는 거야?"

"잘 들어, 하루토. 이 구멍은 아무리 봐도 어른이 들어갈 수 있는 크기가 아냐. 여기로 들어가려면 드릴로 구멍을 크게 뚫어야 해. 그랬다가는 겁쟁이 감다는 분명 안으로 안으로 더 들어가서, 두 번 다시 돌아올 수 없게 될지도 몰라……. 그래도 괜찮아? 지금 감다를 구해 줄 수 있는 것은 구조대도 아빠도 아닌, 너밖에 없어. 네가 감다를 구해야만 해. 엄마도 하루토가 용기를 내길 바랄 거야."

하루토는 감다의 소리가 나는 동굴 쪽을 빤히 바라보았다.

형제나 다름없는 감다를 구하기 위해, 하루토는 어둠의 트라우마를 극복할 수 있을까. 하루토 자신이 그날의 어둠에서 벗어나야만 하는 상황을 맞이하고 있는 게 아닐까.

울부짖던 하루토는 두 주먹을 꽉 쥐고, 용감한 눈빛으로 이렇게 말했다.

"좋아. 내가 감다를 구하고 말 거야."

구조대가 준비한 로프를 허리에 단단히 감고, 하루토는 엉금엉금 기어서 작은 입구 안으로 들어갔다.

만약 야생동물이 사는 소굴이라면……. 만약 이미 감다가 죽어 있기라도 한다면…….

동굴 밖에서 기다리는 모든 사람이 이런저런 불안을 안고 하루토가 돌아오기를 기다렸다.

그러나 몇 분이 지나도 하루토는 동굴에서 나오지 않았다. 큰소리로 부르고 싶은 마음을 꾹 누르고, 모두는 하루토가 감다를 데리고 나오기만 기다렸다.

혹시 감다를 데리고 나오는 것이 어려운 상황일까.

모습이 보이지 않을 만큼 안으로 들어가 버렸거나, 복잡한 형상의 바위로 막혀 버렸거나…….

불길한 생각만 뇌리를 스치는 그때, 하루토의 허리를 묶은 끈이 팽팽하게 당겨지듯이 움직이는 것이 보였다. 그것은 '나가요.' 하는 사인이다. 로프를 들고 있던 하루토 아빠는 "알겠어"라고 하듯이 같이 잡아당겼다.

모두 작은 입구에 집중했다. 몇 개의 손전등으로 비추는 동굴을 지켜보고 있는데, 캄캄한 동굴 속에서 감다의 모습이 나타났다.

하루토 아빠는 작은 목소리로 "감다, 자, 이리 오렴." 하면서 다정하게 안아 올렸다. 감다에 이어서 네 발로 기어 나오는 하루토의 모습도 보였다. 손전등에 비친 하루토의 옷은 흙투성이었다.

하루토 아빠는 감다를 조심스레 땅에 내려놓고, 이번에는 하루토를 꽉 껴안았다.

"하루토, 정말 애썼다. 정말 잘했어."

어둠 트라우마를 극복한 하루토는 좀 전의 슬픈 눈물과는 다른, 안도의 눈물을 흘리고 있었다.

그 모습을 보던 곤노가 따라 울면서 아까 하던 얘기의 다음을 하루토에게 해 주었다.

"어이, 잘했다, 하루토. 감다도 무척 불안했을 텐데 잘 구해줬네. 근데 하루토, 너한테 꼭 하고 싶은 얘기가 있어. 아까 하던 얘기, 그다음이 있어."

"그다음……?"

하루토는 감다를 안아 올리면서 곤노 이야기를 들었다. 곤노는 자신이 조사를 부탁받은 것을 하루토 아빠에게 설명한 뒤, '그다음' 얘기를 했다.

"하루토 아빠는 말이지, 사실은 엄마를 버린 게 아니야. 집에 돌아갈 수 없는 이유가 있었던 거야."

"집에 돌아갈 수 없는 이유라니……?"

"병 때문이었지. 해외에서 무서운 감염증에 걸렸어."

"……!"

하루토 아빠도 하루토 옆에서 묵묵히 듣고 있다.

곤노는 그다음 얘기를 계속했다.

"중병에 걸린 아빠는 자기는 이제 살지 못한다고 생각해서 일부러 미움받는 이별법을 택한 것 같아. 그렇죠? 하루토 아빠. 이 사람은 말이야, 사랑하는 가족을 슬프게 하고 싶지 않아서 혼자 병과 싸운 거였어."

"……."

"근데 그 사실을 하루토 엄마는…… 알고 있었어."

"사치가…… 알았다고요?"

옆에서 조용히 듣고 있던 하루토 아빠가 깜짝 놀란 얼굴로 곤노에게 물었다. 곤노는 묵묵히 끄덕이더니, 더욱 소상한 진상을 얘기했다.

"조사하던 중에 당시 아버지 치료를 맡은 간호사를 알게 됐어요. 그 사람, 지금은 일본에서 싱크 탱크인가 뭔가 딱딱한 곳에 다니더군요. 그래서 그 사람이 그러던데 하루토네 엄마, 딱 한 번 병원에 온 적이 있대요."

"네? 그럼 일부러 비행기를 타고 병원까지 갔다는 말이에요?"

히로무가 솔직한 질문을 던지자, 곤노는 "나도 놀랐어"라고 하며 얘기를 계속했다.

"홀로 투병하는 남편의 모습을 보고 눈물을 흘렸다고 하더군. 남편의 깊은 사랑이 전해졌겠지. 가족을 위해 멀고 먼 나라에서 혼자 싸우는 강함과 다정함, 그런 게 전부 전해졌을 거야. 자신이 왔다는 것은 절대로 말하지 말아 달라고 간호사에게 부탁하고 조용히 돌아갔대."

그러자 진지하게 귀를 기울이고 있던 하루토가 감다를 꽉 껴안으면서 이렇게 말했다.

"그래선가, 그래서 엄마가 그때 그런 말을 했구나……."

3년 전, 토사로 내려앉아 가는 집에서 초등학교 2학년이었던 하루토와 엄마는 이런 대화를 했다고 한다.

"미안해, 하루토. 아마 엄마는 먼저 천국에 가게 될 것 같아. 하루토 혼자 남을지도 몰라……. 그렇지만 하루토는 천천히 와. 하루토는 뭘 잘 잊어버리잖아? 그러니까 천국에 갈 때는 잊어버리는 것 없도록 천천히 준비해서 와야 돼. 소풍 갈 때보다 더 준비가 많이 필요하니까……. 게다가 말이야, 천국에 가려면 눈에 보이지 않는 준비물도 필요해."

"눈에 보이지 않는 준비물?"

"응. 눈에 보이지 않는 준비물. 먼저 첫 번째는 누군가를 지키기 위한 씩씩한 용기. 그리고 하루토가 앞으로 만들 가족과의 추억. 마지막으로…… 용서하는 마음. 이 세 가지를 꼭 갖고 오렴."

"응…… 그렇지만 씩씩한 용기를 내가 낼 수 있을까."

"그럼. 하루토라면 분명히 영웅이 될 수 있어. 그리고……"

"그리고?"

"언젠가 아빠와 다시 만나는 날이 오면…… 아빠를 용서해 줘. 함께 살지는 못했지만, 하루토를 진심으로 사랑해. 엄마는 알아. 그리고 아빠는 엄마를 하루토의 엄마로 만들어 준 은인이야. 엄마는 하루토를 만나서 정말로 행복했어. 하루토의 엄마가 될 수 있어서 인생이 너무너무 풍요로워졌어. 그래서…… 고마워, 하루토. 엄마 아들이 돼 주어서 고마워."

그것이 그날, 하루토가 엄마와 나눈 마지막 대화였다.

3년이 지나 엄마의 뜻을 알게 된 하루토는 진지하게 중얼거렸다.

"엄마는 가짜 엄마가 아냐……. 피는 이어지지 않았어도 엄마는 우리 엄마야……."

하루토는 생각난 것이다. 자신을 진심으로 사랑해 준 엄마 생각, 씩씩하게 살아가길 바랐던 깊은 사랑, 언젠가 또 세 식구가 손을 잡을 수 있는 날을 믿었던 엄마와의 끈…… 가족의 형태에 진짜도 가짜도 없다는 것을 하루토는 마음 깊이 깨달은 것이다.

하루토의 아빠는 다시 하루토를 꼭 껴안고 속삭이듯 말했다.

"하루토, 엄마가 말한 대로 너는 영웅이야. 겁쟁이 감다에게 최강 영웅이야."

아빠의 품속에 폭 안긴 하루토는 다정한 눈으로 아빠를 올려다보면서 이렇게 말했다.

"아냐, 영웅은 감다야. 그 토사 속에서 나를 지켜 준 감다가 이번에는 어둠 속에서 내 마음을 구조해 주었어. 그렇게 무서워한 어둠으로 들어갈 수 있었던 것은 감다가 있어서였어…… 감다는 내게 영웅이야."

엄마가 바란 대로 하루토에게 씩씩한 용기를 준 것도, 그리고 고독의 끝에서 구해 준 것도 세 발의 감다였다.

품속에서 얘기를 듣고 있던 감다는 수줍은 듯이 하루토에게 기댔다.

나는 그들을 보고 있다가 중요한 사실을 깨달았다.

하루토는 재해로 사랑하는 엄마를 잃었지만, 거기서 끝이 아니었다.

감다는 주인의 학대로 나무에 매달렸다가 세 발이 돼 버렸지만, 거기서 끝이 아니었다.

하루토 아빠는 한 번 가족을 버렸지만, 그것도 끝이 아니었다.

최악의 계기는 정말로 최악이었지만, 그곳이 끝이 아니었다.

지금 자신이 어떻게 생각하고 어떻게 행동하는가에 따라 최악은 최고로 바뀔 수 있다.

어둠의 흙 속에 묻힌 마음을 되찾을 수도 있다.

용기를 몸에 걸치고 더할 수 없이 소중한 존재를 구할 수도 있다.

설령 최악에서 출발했다고 해도 원망하는 게 아니라, 그것을 계기로 얻은 것에 감사하면 미래는 얼마든지 바꿀 수 있다.

나 자신도 최악의 과거에서 새출발할 수 있었을까. 사랑하는 아들을 잃어버린 그 과거를 받아들이고 전진할 수 있었을까.

그런 생각을 하면서 우리는 산에서 내려왔다.

전원 무사히 산에서 내려와서 구조대도 모두 떠난 뒤, 하루토는 아빠에게 이런 말을 했다.

"저기, 아까…… 고마워."

"아까……?"

"감다를 구할 때, 내 등을 밀어 준 것."

"아, 그거."

"좀 아빠 같았어."

"응?"

"엄마가 결혼하려고 마음먹은 기분 좀 알 것 같은 생각이 들었어, 아빠……."

하루토에게 처음 '아빠'라는 말을 들은 하루토 아빠의 눈에서 눈물이 뚝뚝 떨어졌다.

가족과 떨어져 홀로 투병했던 몇 년 치 눈물을 한꺼번에 흘리나 싶을 정도로 계속 흘러내렸다.

각자 고독의 끝에서 벗어나, 새로운 관계라는 실을 엮기 위해 두 사람과 한 마리의 개는 집으로 돌아갔다.

하루토네가 탄 차를 배웅하고, 우리도 돌아가려고 도서관 차에 타려는데 구조대 중 한 사람이 이쪽으로 돌아왔다. 무언가 잊어버리고 간 걸까? 생각하는데, 그 대원은 내 눈앞까지 와서 이런 말을 했다.

"저기…… 이가와 씨……죠?"

이가와란 틀림없이 내 성이다. 그러나 친한 사람은 모두 "미츠 씨"라고 부르기 때문에 성으로 불리는 일은 아주 오랜만이었다.

"기억나지 않으세요? 저, 그 사건 때 구조대에 있었던 마쓰나가입니다."

그가 말하는 '그 사건'이란 내가 형사를 그만두게 된 최악의 사건일 것이다. 그때는 구조대원의 얼굴을 한 사람 한 사람 볼 여유가 없었다.

나는 어렴풋이 기억나는 '마쓰나가'라는 대원에게 "죄송합니다. 난 이제 형사가 아니어서"라고 하고 도서관 차에 타려고 했다.

그러자 마쓰나가는 돌아보지 않을 수 없는 말을 던졌다.

"아세요? 이가와 씨, 그 사건에 진범이 있었어요."

내가 인생을 버리게 만든 과거가 덧칠되는 순간이었다.

제3화

나의 K-9

5년 전

"저기, 아빠. 오늘은 일찍 와 줄 거지?"

"글쎄…… 오늘은 아마 밤중이나 돼야 올 텐데."

당시 후쿠시마 현경에 근무했던 나는 항상 일이 우선이었다. 어지간한 이유가 아니면 가족은 그다음이었다. 그리고 그것이 가족을 위해서라고 믿었다.

"그래…… 알았어. 그럼 여름 축제는 꼭 같이 가야 돼."

"아, 약속할게."

초등학교 1학년이 된 아들 마사미는 말귀를 잘 알아들어서 떼쓰는 일이 별로 없다. 어쩌면 참고 있을지도 모르지만, 나는 마사미의 착한 마음을 그대로 받아들였다.

다만 여름 축제 약속은 지키려고 생각했다. 마사미가 금붕어 건지기(수조에 담긴 금붕어를 기름종이 뜰채로 건지는 놀이—옮긴이)를 무척 기대하고 있어서 용돈으로 금붕어 넣는 통까지 샀으니.

"만약 금붕어를 못 건지면 어떻게 할까……."

"그럼 한 마리 달라고 아빠가 말해 줄게."

"신난다! 빨리 여름 축제 가고 싶어~."

금붕어 한 마리라면 애완동물 용품점에서도 살 수 있지만, 마사미는 금붕어 건지기의 '건지기'는 그냥 건지는 게 아니라 '구출하기'라고 생각한다. 여름 축제에 나온 금붕어를 구출해 주어야 한다는 마음을 갖고 있는 것 같다. 그런 마사미의 사소한 정의감은 나를 닮은 것 같다고 아내는 말한다.

또 전에 마사미는 이웃 친구들과 강에 물고기를 잡으러 갈 때, 친구가 잡은 고기를 전부 강으로 되돌려 보내 싸운 적도 있다. 그렇게 정 많은 성격은 아내를 닮았다.

드디어 마사미가 기대하던 여름 축제 당일.

이렇다 할 사건도 없어서 예정대로 저녁 무렵에는 귀가할 수 있겠네……, 라고 생각하는데, 오후 3시가 지났을 무렵, 마을에서 폭력단끼리 분쟁이 생겨서 내가 소속한 1과도 출동 명령이 내렸다. 부디 빨리 수습되기를 바라면서 경찰서 차에 올라타려고 하는 그때, "이가와 씨! 잠깐만요!" 하고 여성 경찰관이 불러 세웠다.

내 앞으로 무슨 '예고장'이 도착했다는 것.

서로 돌아가서 내용을 확인하니, 오늘 열릴 여름 축제장에 폭탄을 설치했다는 내용이었다. 그것은 무차별 살인을 예고하는 게 아닌가. 범죄를 게임으로밖에 생각하지 않는 관심병자일지도 모른다. 글씨는 프린트한 게 아니라 신문이나 잡지에서 한 글자씩 오린 것으로, '폭탄을 해제하길 바라면 이가와 고타로에게 수사를 맡겨라. 그러지 않으면 이가와에게 소중한 것을 빼앗아 가겠다'라고 쓰여 있었다.

범인에게 원망 살 일은 수없이 많다.

어쨌든 또 마사미와의 약속을 깨야 하는 상황을 초래하고 말았다.

"여보세요, 마사미? 미안……. 아빠, 일이 생겨서 축제에 같이 못 가게 됐어……. 신사에는 폭탄이 있을지 모르니까 절대로 가까이 가면 안 된다."

나는 정말 미안하게 생각하면서 마사미에게 전화를 걸었다.

그러자 마사미는 잠시 침묵했다가, "알겠어……. 그럼, 오늘은 축제 안 가고 발드르한테 놀러 갈게"라고 했다.

"응? 그렇지만 그럼 금붕어 건지기는……?"

"아빠와 함께 하고 싶었던 건데…… 일이 있으니 할 수 없잖아. 그러니까 발드르 보러 갈래."

"마사미…… 미안……."

범인에게 지목받아 예고장을 받은 아빠여서 정말로 미안하다. 그렇게 반성하는 한편으로 떼를 쓰지 않는 착한 마사미에게 나는 또 의지했다.

마사미가 놀러 간다고 하는 '발드르'는 경찰견으로 한때 내 짝이었다.

특수 훈련을 받은 경찰견은 '개'를 의미하는 'canine'이라고 불렸지만, 관계자들은 주로 'K-9'이라고 한다. 1989년에는 K-9을 주인공으로 한 영화도 제작됐다.

우수한 K-9인 발드르와 나는 7년 동안 함께 일했다.

'발드르'란 이름은 독일어로 '빛'이라는 뜻도 있어서, 고타로의 '고光'를 따서 '미츠光 씨'로 불리는 나와는 명콤비로 통했지만, 안타깝게도 근무 중에 사고를 당해서 하반신에 부상을 입었다.

그 후, 걸을 수 있을 정도로 회복했지만, K-9 역할을 하기는 어려워서 발드르는 K-9을 졸업하고, 일반 가정에 입양됐다.

우리 집에서 키우고 싶었지만, 아내가 동물 알레르기가 있어서 근처에 사는 쓰지모토 씨 부부 집에 보낸 것이다.

마사미는 발드르를 좋아해서 종종 만나러 간다. 아이가 없는 쓰지모토 부부는 발드르와 함께 마사미도 아주 귀여워해 주었다.

발드르도 마사미에게 마음을 열었다. 7년 동안 짝이었던 나는 발드르와 마사미가 만난 순간부터 '발드르는 분명히 마사미의 좋은 친구가 돼 줄 것'이라고 직감했다.

격하게 꼬리를 흔드는 모습과 표정으로 순식간에 그렇게 느꼈다.

마사미와 전화를 끊은 나는 폭발물 처리반과 함께 여름 축제가 열린 신사로 향했다.

그러나 사건은 의외의 방향으로 흘러갔다.

북적거리는 신사에서 시민들이 눈치채지 못하도록 신경 쓰면서 폭탄이 설치된 곳을 찾고 있는데 내 휴대전화가 울렸다.

아내의 다급한 연락이었다.

"여보세요, 여보! 마사미가…… 마사미가 아무 데도 없어!"

"뭐? 좀 침착해 봐. 발드르한테 간다고 했으니 쓰지모토 씨

집에 있을 텐데……."

"그게, 쓰지모토 씨가 연락이 안 돼. 전화를 걸었더니 '현재 사용하지 않는 번호입니다'라고 나오고, 그럴 리 없는데 싶어서 집에도 가봤지만 아무도 없어……."

"현재 사용하지 않는다……? 그럴 리가……. 발드르는? 정원에 발드르 모습은?"

"없었어……. 줄도, 개집 안의 담요도 아무것도 없었어."

"그렇지만 쓰지모토 씨가 발드르를 데리고 이사한다는 말은 들은 적 없는데. 이사를 간다면 반드시 알려 주었을 테고……."

"당신, 집에 오면 안 돼? 곧 8시가 돼 가는데…… 이런 적 한 번도 없었잖아."

나는 폭탄 예고장을 떠올렸다.

'폭탄을 해제하고 싶으면 이가와 고타로에게 수사를 맡겨라. 그러지 않으면 이가와에게 가장 소중한 것을 빼앗아 가겠다.'

소중한 것이란 마사미를 가리키는 말인가?

아니, 그러나 나는 지금 예고장에서 지시한 대로 수사를 맡고 있다. 거역하지 않았다.

그렇긴 하지만 범인이 무슨 생각을 하는지 나로서는 알 도리가 없다. 예상과 상상은 가능해도 어디까지나 범죄를 막기 위한 것이지 실행하기 위한 것이 아니다.

어쩌면 우리는 예고장 내용을 잘못 해석한 건 아닐까.

나는 여기 있어야 하는 게 아니지 않을까.

아내와 전화를 끊은 뒤, 폭탄 수색은 다른 형사에게 맡기고 나는 일단 집으로 돌아갔다.

집에 도착하니 실종 신고를 한 아내가 파출소에 근무하는 경찰과 함께 나를 기다리고 있었다.

폭탄 예고와 전혀 관련이 없다고 잘라 말할 수는 없다. 아내에게 오늘 온 예고장 이야기를 했다.

그리고 혹시 만일을 위해 구조대도 여러 명 파견하여 공원과 학교 주변, 강가 등, 마사미를 수색했다. 그러나 마사미는 발견되지 않았고, 폭탄이 터지는 일도 없었다.

다음 날 월요일, 축제가 개최된 신사에서 800미터 떨어진 곳에 있는 보건소 주차장에서 어린 남자아이가 쓰러져 있다는 신고가 들어왔다.

보건소에 근무하는 직원이 주차장 구석에 있는 수풀 속에 쓰러져 있는 것을 발견했다고 한다. 다만 이미 숨을 거두었으며 사망도 확인했다……고.

아내와 나는 한숨도 자지 못한 채, 숨진 남자아이가 있는 병원에 갔다.

부디 마사미가 아니기를……. 그렇게 기도하면서 나는 차를 달렸지만, 그런 기도는 얇은 종잇장 찢기듯이 치익치익 소리를 내며 사라졌다.

이미 심장이 정지한 눈앞의 남자아이는 하나뿐인 아들…… 마사미였다.

아내는 소리도 되어 나오지 않는 목소리로 마사미를 불렀지만, 마사미는 움쩍도 하지 않았다. 그때 아내는 돌연 목이 찌그러지는 게 아닐까 싶을 정도로 울부짖으며 마사미의 작은 몸을 흔들면서 "일어나! 마사미, 부탁이야, 눈을 떠!" 하고 계속 소리쳤다.

아들이 죽은 모습을 보는 나는 정말로 나일까. 어쩌면 이곳은 현실 세계가 아닐지도 모른다. 또 다른 세계에 이끌려 들어간 우리는 또 하나의 다른 아들의 죽은 모습을 보고 있고, 진짜 세계의 우리는 아무 일 없는 일상을 보내고 있는 게 아닐까.

그러나 울부짖는 아내를 보는 동안, 이것이 현실임을 인정하지 않을 수 없었다. 동시에 나의 뇌는 리셋이라도 된 것처럼 새하얘졌다.

대체, 왜……. 어째서 죄 없는 마사미가 이런 모습으로…….

마사미의 사인은 내장 울혈, 점막과 피부 출혈, 사반死斑 증대로 인한 질식사로 진단됐다. 그러나 타박상이나 생채기 등 다툰 흔적이 없어서 자세한 상황은 알 수 없었다. 하지만 폭탄 예고장을 비롯한 일련의 사건에 관련된 것은 확실하다.

마사미를 이런 모습으로 만든 범인에게 살의까지 생겼다.

목숨 걸고 찾아내야지. 아니, 죽어도 찾아내고야 말겠어.

아내는 한동안 친정에 가서 요양하도록 하고, 나는 마사미 죽인 범인 찾기에 모든 시간을 쏟았다.

무계획한 수사이건, 영장 없이 덮치면 안 되는 수사이건, 그런 방침과 지시는 무시하고 나는 돌진했다. 그런 지나친 수사를 보다 못한 상사는 나를 수사에서 제외했다.

하지만 내게 수사는 일과 관계없었다.

범인을 찾겠다, 단지 그것뿐이었다. 찾아낸 다음 그놈에게 죄를 갚게 할지, 아니면 내 손으로 마사미와 똑같은 꼴을 만들지 그건 지금의 나로선 판단할 수 없다.

그 후, 단독 탐문 수사로 신사 근처에서 양아치 같은 남자가 말을 거는 걸 보았다는 증언이 있었지만, 방범 카메라가 그 순간을 잡은 것도 아니어서 그것이 누구인지는 모른다. 게다가 보았다고 하는 날이 축제 당일이 아니라 전날이다.

나는 새삼 사건 당일을 돌아보았다. 여름 축제 날, 마을에서 폭력단끼리 분쟁이 생겨 내가 소속한 1과도 출동 명령이 내렸다. 신속하게 수습하기를 바라며 서의 차에 올라타려고 하는 그때, 여성 경찰관이 불러 세워서 내 앞으로 온 '예고장'을 확인했다. 그리고 마사미에게 전화를 걸어서 여름 축제에 함께 가지 못한다는 사실을 알렸고, 마사미는 발드르가 있는 쓰지모토 집으로 갔다⋯⋯. 그러나 저녁 무렵이 지나 아내가 쓰지모토 집을 찾아가자, 발드르도 쓰지모토 부부도 없었다. 그 후에도 쓰지모토 부부의 모습은 어디에서도 보이지 않았다⋯⋯. 단순히 생각하면 아무래도 쓰지모토 부부가 사건에 관여한 것 같다.

게다가 쓰지모토의 직장은 마사미가 발견된 보건소다.

쓰지모토는 수의사 면허증을 갖고 있어서 정년퇴직 후, 동물을 살처분하는 버튼 누르는 일을 하고 있었다.

살처분할 동물들은 '드림 박스'라고 하는 공간에 몰아넣고, 산소가 없는 방에서 수십 분에 걸쳐 처리한다. 처리 후, 동물들이 제대로 숨을 거두었는지 수의사가 확인해야 하는데, 쓰지모토는 그 일을 하고 있다.

다만 그 일에 진력이 난 쓰지모토는 노이로제 기미가 있었다고 한다.

목숨을 지키기 위해 수의사가 됐는데 죽이는 일을 돕다니…… 하고 늘 중얼거리는 것을 주위 사람들이 들었다고 한다. 차라리 내가 드림 박스 안으로 들어가 버릴까…… 하는 말을 들은 사람도 있었다.

쓰지모토에게는 일 말고도 고민이 있었다. 반년 전부터 사랑하는 아내가 치매 증상이 나타나서, 이따금 남편인 쓰지모토를 알아보지 못하는 것. 과거가 지워져 가는 고통과 원치 않는 일 사이에서 쓰지모토는 괴로워했을 것이다.

그런 일로 정신의 균형을 잃은 쓰지모토가 무언가 감정이 겹쳐서 마사미를 살해한 게 아닐까 하는 추측이 나왔다.

그러나 교통수단 전부를 조사해도 쓰지모토가 현외나 국외로 나간 흔적은 보이지 않았다. 하물며 전 K-9인 발드르를 데리고 있다면 더욱 눈에 띌 텐데, 여름 축제 그날, 어느 교통 기관의 명단에도, 그리고 어떤 방범 카메라에도 흔적이 없다.

대체 쓰지모토 부부와 발드르는 어디로 가 버린 걸까.

그런 어느 날, 최악의 정보가 들어왔다.

세상에, 쓰지모토의 차가 현내 바닷가 제방에서 발견됐다는 것. 제방가 창고 옆에 쓰지모토의 차가 서 있었고, 차 안에서는 유서가 발견됐다고 한다. 그리고 부부의 것으로 보이는 신발도…….

"많은 생명을 빼앗았다. 살아 있을 의미가 없다."

유서의 날짜는 여름 축제날과 같은 8월 5일 일요일.

제방가 창고를 관리하는 사람이 매주 화요일에 창고를 순찰한다고 하니, 그리고 이틀이 지난 오늘 정보가 들어온 것이다.

주변은 바닷가로 이어지는 제방……. 낚시하는 사람이 드문드문 있는 정도여서, 창고 옆에 서 있는 차를 신경 쓰는 사람은 순찰하는 관계자 정도였을 것이다.

쓰지모토는 아내를 동반자 삼아 바다에 몸을 던진 걸로 보인다. 이미 이틀이나 지나서 사체가 발견될지 모르겠다. 깊은 바다로 흘러가 물고기 먹이가 됐을 가능성도 있다.

그 후, 유서의 필적 감정 결과, 틀림없이 본인 것으로 판단됐다. 또 이웃 사람의 증언으로 신발도 본인들 것으로 판명되어 수사는 확대되지 않았다.

게다가 폭탄 예고장의 도려낸 글씨에서 쓰지모토의 지문이 검출됐다.

정신적으로 심하게 시달렸던 쓰지모토가 마침 찾아온 마사미를 돌발적으로 살해하고, 직장인 보건소 주차장 수풀에 사체를 유기했을 것이다……라는 결론에 이르러서, 마사미 살해 수사는 종결됐다.

쓰지모토의 유서에 쓰인 '많은 생명' 중에는 마사미도 포함된 것이다.

그러나 마사미의 사체를 왜 직장으로 옮겼는지, 아니면 거기에서 범행을 저질렀는지, 동물들을 소각하는 곳에서 한꺼번에 처분하려고 생각했는지, 그렇다면 왜 주차장 수풀에 두고 갔는지, 그리고 왜 폭탄 예고를 내게 보냈는지, 범행을 눈치 채지 못하게 하려는 유인 작전이었는지 등등, 진상은 죽은 쓰지모토밖에 모르게 돼 버렸다.

쓰지모토 부부의 죽음과 함께 발드르의 모습도 나타나지 않았다. 이것도 추측이지만, 수의사 면허를 가진 쓰지모토가 어떤 형태로 처리한 게 아닐까, 라고들 했다.

이렇게 될 줄 알았다면 마사미와 약속을 우선했어야 했다.

일을 우선하여 함께 가기로 약속했던 여름 축제에 가지 않았기 때문에 마사미는 쓰지모토에게 갔다가 죽음을 당했다. 모든 것은 내가 마사미와의 약속을 지키지 않아서…….

그러니까 마사미의 목숨을 빼앗은 것은 나다.

내가, 마사미를 죽인 것이다.

그날로 돌아갈 수 있다면 나는 무엇이든 하겠다. 그러나 무엇을 해도 과거로 돌아가지는 못한다.

정말로 소중한 것을 잃어버린 슬픔은 끝없는 늪처럼 영원히 묻히지 않을지도 모른다.

사건 수사가 종결된 다음 해, 나는 사표를 냈다.

상식에서 벗어난 수사를 거듭해서 서에 막대한 폐를 끼치기도 했고, 형사로서 내가 있어야 할 곳을 필연적으로 잃었다. 그리고 형사직을 버림과 동시에 나는 인생의 모든 것을 버렸다.

"진짜 범인이 있다니…… 무슨 말인가요?"

하루토 수색에 참여했다는 구조대 마쓰나가에게 나는 따지듯이 물었다.

"용의자 쓰지모토에게는 그날 알리바이가 있었습니다. 여름 축제가 열리던 날, 쓰지모토 부부는 홋카이도에 간 게 밝혀졌어요."

"홋카이도?"

"네, 쓰지모토 부부가 종종 놀러 갔던 작은 펜션인데, 5년에 한 번, 손님들이 모이는 동호회가 열린다고 합니다. 5년 전 여름 축제날, 쓰지모토 부부는 그 동호회에 참가했습니다."

"……!"

"그리고 올해도 열리기 때문에 펜션 주인이 쓰지모토 부부에게 엽서를 보냈지만 반송되는 바람에 쓰지모토 부부의 죽음과 사건을 알게 됐고, 그들은 범인이 아니라고 경찰에 연락했습니다. 그게 진실이라면, 쓰지모토에게는 알리바이가 있으니 마사미 군을 죽인 범인이 아닙니다."

"그럼 바다에서 동반 자살한 것은……? 그 유서는 누가 거기에? 필적 감정이 잘못되기라도……?"

"글쎄요……. 그건 아직 모르겠습니다. 수사가 확대되지 않아서 사체 수색도 소규모로 했으니. 다만 진범이 있다면 수사를 재개할 것 같습니다. 이가와 씨를 수사 1과 분들이 찾고 있어요. 계신 곳을 모른다고……."

그도 그럴 것이다. 당시 사용했던 휴대전화는 해지하고, 나는 지난 4년 동안 주거지 불명인 채 캠핑카에서 살고 있으니.

집을 나온 지 얼마 안 됐을 때는 꽤 멀리까지 갔지만, 어딜 가도 마사미의 온기를 잊을 수는 없었다. 그리고 2년쯤 지난 어느 날, 아주 생생한 마사미 꿈을 꾸고, 마사미와 함께 온 이 마을 강변이 그리워서 문득 이리로 발을 옮겼다.

그렇게 우연히 찾아온 강변에서 히로무를 만나, 정기적으로 만화를 빌려 주게 되고, 그대로 2년째 나는 이곳에 눌러 붙어 있다. 사건이 일어난 곳에서 그리 떨어지지 않아, 이렇게 옛날 일을 아는 사람을 우연히 마주칠지도 모른다는 생각은 했다.

"미츠 씨, 왜 그래요?"

도서관 차에 먼저 올라탄 히로무가 창밖을 내다보며 물었다.

"미안, 미안. 곧 갈게."

구조대의 마쓰나가에게 수사 현황을 가르쳐 주어서 고맙다고 인사하고, 나도 도서관 차에 올라탔다.

시동을 걸고 뒷좌석을 돌아보니 차 안에 곤노의 모습이 보이지 않았다.

"어? 히로무, 곤노는?"

"볼 일이 생각났다며 택시 타고 먼저 간대요."

"택시? 이런 산속에 택시가 있을 리 없잖아. 대체 갑자기 무슨 일이지……."

당장 곤노에게 전화를 걸어 보았지만, 전파가 닿지 않는 곳에 있는지 전원을 껐는지 연결되지 않았다.

우선 히로무를 시설에 데려다주려고, 도서관 차를 출발시켰다. 돌아오는 길에 곤노가 가는 것을 발견할지도 모른다. 택시가 다니지 않는다는 것쯤 알 텐데, 도서관 차에서 내려 뛰어갈 정도의 급한 일이라도 들어온 걸까.

어둡고 좁은 길을 달리면서 나는 마사미 생각을 되뇌었다.

형사를 그만두고 4년. 나는 대체 무엇을 한 걸까. 진범이 있다면 그만두는 게 아니었다. 하지만 그때는 내가 너무 한심스러워서 절망이라는 벽을 넘을 수 없었다.

히로무를 시설 앞에 내려 주고, 나는 다시 한 번 곤노에게 전화를 걸었다. 그러나 역시 받지 않았다. 일반 시민인 나 혼자서는 사건 진상을 파헤치기 어렵다. 이럴 때야말로 곤노의 힘이 필요하다.

나는 4년 만에 경찰서에 전화를 걸어, 옛 동료를 찾았다.

전화를 받은 동료의 목소리는 무척 놀란 기색이었지만, 이내 장난치듯이 "살아 있었구나!" 하고 말했다. 그리고 구조대의 마쓰나가에게 현 상황을 들었다고 전하자, 그는 진지한 목소리로 수사 진전을 알려 주었다.

"미츠 씨, 놀라지 마. 미츠 씨 앞으로 온 폭탄 예고장 봉투에서 쓰지모토 이외에 다른 지문이 발견됐어."

"쓰지모토 이외의…… 지문?"

"응. 당시 미츠 씨한테 정보를 흘렸던 곤노라는 사람 기억해? 과거에 채취한 지문 데이터를 조회해 보니, 속도위반으로 잡혔을 때 곤노의 지문과 일치했어."

"……!"

나는 전화 너머의 옛 동료 목소리가 귀에서 귀로 스르륵 빠져나가는 느낌이 들었다.

　　　　　　　　　✳

하루토와 감다가 산에서 발견된 다음 날, 나는 홋카이도로 향
했다.

설마 5년 전 그날, 쓰지모토 부부가 홋카이도에 있었다는 사
실이 들켰다니……. 구조대 마쓰나가라는 남자가 미츠 씨에
게 다가가서 쓰지모토 부부 이야기를 꺼낼 때는 놀라서 심장
이 밖으로 튀어나오는 줄 알았다.

더 이상 같이 있으면 동요하는 것을 눈치챌 것 같아서 서둘러
도서관 차에서 내렸지만, 이상하게 생각했을까. 미츠 씨는 감
이 워낙 뛰어난 사람이어서.

그렇다, 쓰지모토 부부는 동반 자살을 한 게 아니다. 지금도
홋카이도에서 살고 있다. 두 사람이 홋카이도에서 살도록 내
가 여러모로 도와주었다. 신분증 위조도, 그리고 배도…….

경찰견이었던 발드로 함께 이동하려면 신칸센이나 비행기
로는 바로 들킨다. 살아 있는 것을 들키지 않도록 외국인이
소유한 어선을 수배하여 홋카이도까지 부부와 발드르를 태워
주었다. 계획은 완벽하다고 생각했다.

하지만 쓰지모토 부부는 마사미 군 사건과 아무 관계가 없다. 그건 절대로. 그러나 경찰에게 쓰지모토 부부가 살아 있는 걸 들킨 이상, 있는 곳을 추궁당하는 것도 시간문제다. 추궁당하기 전에 내가 직접 쓰지모토에게 알려 줘야 한다.

다만 부부가 사는 곳은 엄청난 산속으로 통신 기기도 없고 가스도 없다. 그래서 이렇게 직접 만나러 가지 않으면 연락을 취할 수 없다.

신치토세 공항에 도착하니 시각은 오전 11시를 지나고 있었다. 사실은 아침 첫 비행기로 오고 싶었지만, 여름방학 기간이라 예약이 꽉 차서 취소 표가 생긴 오전 9시대 비행기를 간신히 탔다.

"자, 지금부터 긴 여정이네."

여기서 쓰지모토 부부가 사는 집에 가려면 세 시간을 이동해야한다. 버스로 한 시간 반, 택시로 40분, 거기서는 찻길이 없어서 걸어서 50분……. 장보기는 한꺼번에 배달을 시키는지 모르겠지만, 아무래도 그런 산속에서 생활하기는 불편할 것이다.

하지만 살아 있어 주어서 정말로 다행이다. 그날, 쓰지모토 집을 우연히 찾아가지 않았더라면 부부는 이미 이 세상에 없었을 테니…….

사건이 발생한 여름 축제 2주 전

"안녕하세요~, 쓰지모토 씨, 곤노임돠."

당시, 경찰에 정보 제공을 했던 나는 미츠 씨를 통해 쓰지모토를 만났다.

미츠 씨와 함께 있을 때 차에 치인 고양이를 발견한 일이 계기였다.

차에 치인 고양이는 도로 옆에 누워 있었지만, 움찔움찔 움직이는 모습이 보였다. 아직 살아 있구나…… 생각하면서도 나는 어떻게 해야 할지 몰랐다. 그때 미츠 씨가 발드르를 키워주는 전직 수의사 쓰지모토에게 전화를 걸어서 그 자리에 온 것이 첫 만남이었다.

쓰지모토는 귀에 피가 흐르는 고양이를 부드럽게 두 손으로 안아 올리더니 갖고 온 큰 타월로 싸서 집으로 데려가 주었다.

며칠 후, 쓰지모토 집에 갔더니 고양이는 쓰지모토의 처치 덕분에 간신히 생명을 건지고 미라처럼 팔다리를 붕대로 둘둘 말고 있었다.

아무 도움도 되지 않는 일을 이렇게 열심히 하는 쓰지모토를,

나는 정말 훌륭한 사람이라고 존경했다. 이렇게 착한 사람이 있구나, 하고 감동했다.

부인도 착해서 우연히 들른 내게 손수 만든 요리를 대접해 주었다. 마치 친척 집에 온 것 같았다.

K-9을 졸업한 발드르는 쓰지모토 부부 집에 가게 돼서 정말 행복하겠다. 진심으로 그렇게 느꼈다.

그 후 부인의 요리를 얻어먹으러 종종 쓰지모토 집에 들렀다. 완전히 회복한 고양이는 발드르와 친해져서 같이 자고 있을 때도 있었다. 한참 후, 고양이 맡아 줄 곳을 찾았다는 소식을 미츠 씨에게 듣고, 쓰지모토 씨의 선량함을 새삼 통감했다. 한 푼도 돈이 되지 않는 치료를 얼굴 한번 찡그리지 않고 맡아서, 게다가 길고양이한테 주인까지 찾아 주다니, 난 그런 사람은 절대 되지 못할 거야…… 하고, 새삼 존경의 마음이 솟구쳤다.

그런 일을 계기로 나는 쓰지모토 집에 자주 놀러 가게 됐다.

미츠 씨 아들인 마사미도 발드르를 만나러 와 정원에서 공을 차고 노는 모습을 보면 행복한 기분이 들었다.

우리 부모님은 내가 어릴 때 막대한 빚을 지고 동반 자살을 했다. 둘이 나란히 천국으로 가서, 남은 나와 여동생은 각자 얼굴도 모르는 친척 집을 전전하며 자랐다. 그런 친척보다 쓰지모토 부부 쪽이 훨씬 진짜 친척 같았다. 마사미도 나를 잘 따라서, '아, 미츠 씨는 이렇게 귀여운 아이가 있어서 행복하겠다.' 하고 부러워하기도 했다.

그런 어느 날, 쓰지모토 부부에게 늘 얻어먹기만 하니 가끔은 술이라도 사 가자 하고, 좀 괜찮은 술을 사서 집에 놀러 갔다. 그랬더니 그날은 무언가 평소와 분위기가 달랐다.

"안녕하세요~, 쓰지모토 씨, 곤노임돠."

언제나 정원에 있는 발드르의 모습이 보이지 않아서, 산책이라도 하러 갔나 하고 잠시 현관에서 기다리는데, 집 안에서 희미하게 가스 냄새가 났다.

"쓰지모토 씨! 있어요?"

몇 번이나 초인종을 눌렀지만, 대답도 없고 인기척도 없다.

불길한 예감이 내 뇌리를 스쳤다.

그때와 같다…….

초등학교에서 집에 돌아왔을 때, 현관 밖에 떠돌던 그 가스 냄새와 같다.

그런 비극은 두 번 다시 보고 싶지 않다. 나는 쓰지모토 집의 창과 베란다 등 모든 입구를 찾았다. 그러다 쪽문 잠그는 걸

부인이 항상 잊고 있던 게 생각났다. 집 뒤로 돌아가 쪽문 손잡이를 돌려 보니 역시 잠겨 있지 않아서 안으로 들어갔다. 그 순간, 현기증이 날 정도로 강렬한 가스 냄새가 뇌를 자극했다.

당장 가스 밸브를 잠그고, 창문을 전부 열고, 온 방에 가득 찬 가스를 밖으로 몰았다.

쓰지모토 부부는 거실에 나란히 누워 있었다. 손을 잡고 있는 것으로 보아 단순한 가스 누출이 아니라, 죽음을 각오하고 가스 밸브를 연 것이리라. 쓰지모토 옆에는 발드르도 쓰러져 있었다.

"뭐하는 겁니까……. 쓰지모토 씨! 일어나요, 쓰지모토 씨!"

몸을 흔들어도 쓰지모토는 눈을 뜨지 않았다.

어릴 때, 부모님이 쓰러졌던 그때 상황이 단숨에 되살아났다.

쓰지모토 머리 위에는 유서 같은 쪽지가 놓여 있었다.

"많은 생명을 빼앗았다. 살아 있을 의미가 없다."

죽게 할 수 없어, 죽지 말아 줘!

"싫어, 절대로 싫어! 죽으면 안 돼! 쓰지모토 씨, 눈을 떠요!"

이렇게 좋은 사람이 죽으면 안 돼. 게다가 아내와 발드르까지 길동무하여 가다니, 절대 천국에 보낼 수 없어.

그러자 나의 강한 의지가 전해졌는지 쓰지모토가 희미하게 눈을 떴다.

"쓰지모토 씨! 나 알아보겠어요? 곤노라고요! 쓰지모토 씨, 지금 구급차 부를 테니 정신 차리세요!"

"안 돼……."

"네?"

"구급차는…… 안 돼……."

"왜요! 부르지 않으면 죽는다고요!"

"아내는…… 병원을 싫어하니까……."

완고하게 구급차를 부르지 말라고 하는 쓰지모토의 뜻을 무시할 수 없어서, 나는 어떤 경로로 소개받은, 음지에서 활동하는 의사를 불렀다. 과거에 의료 실수로 의사 면허증을 박탈당했지만, 의사로서 지식을 갖고 있기 때문에 총격 등으로 부상당한 폭력단들을 뒤에서 치료해 주는 의사다.

야매 의사의 진단에 따르면 쓰지모토 부부의 용태는 생명에 별 지장이 없고, 발견이 빨라서 이대로 안정하면 회복할 것이라고 했다. 통상 병원의 열 배 이상 되는 진료비를 지불했지만, 생명과는 바꿀 수 없다.

그날 밤, 나는 쓰지모토 집에서 머물렀다. 혼기는 옛날에 지났지만 아직 독신이어서 기다리는 마누라도 아이도 없다. 쓰지모토가 또 엉뚱한 생각을 하지 않도록 진정될 때까지 함께 보내기로 했다.

바로 생기를 되찾은 발드르는 아무 일도 없었던 것처럼 정원을 어슬렁어슬렁 산책했다.

쓰지모토는 누구에게도 말하지 못한 속마음을 털어놓았다.

"수의사가 되지 않았으면 좋았을걸. 그랬더라면 보건소에서 동물 죽이는 일을 돕지 않아도 됐을 텐데……. 발드르와 마찬가지로 사고를 당했지만, 아직 살 수 있는 개도 많은데, 살아 있는 아이들을 내 손으로 드림 박스로 몰아넣고, 그리고 빨간 단추를 수없이 눌렀어……. 이제 더 이상 동물 죽이는 일을 돕고 싶지 않아……."

"그럼 일을 그만두면 되잖아요."

"내가 그만두면 또 다른 수의사가 나와 같은 생각을 하게 돼……. 사회가 바뀌지 않는 이상, 누군가 그 역할을 해야만 해. 물론 그런 역할 따위 필요 없는 사회가 되는 것이 이상적이지만, 고작 수의사 한 명의 힘으로 세상을 바꿀 수는 없어……."

지금 쓰지모토는 스스로 자신이 살아갈 길을 막고 있는지도 모른다. 그러나 살아가기 위해 다양한 선택을 해 온 결과, 지금 이 자리에 도착했을 것이다.

쓰지모토는 "게다가……" 하고 중얼거렸다.

"게다가 뭐요?"

"반년 전부터 아내에게 치매 증세가 나타나기 시작했어. 우리는 자식은 없지만, 대신 둘이서 여행 가고, 외식하고, 두 사람의 시간을 정말로 소중하게 쌓아 왔어. 줄곧 2인 3각으로 살아 왔지. 내 인생에 아내가 있는 것은 당연한 일이고, 아내의 인생에 내가 있는 것도 당연하다고 생각해. 동물병원에서 일할 때는 잠도 안 자고 간호해야 하는 동물을 집으로 데려올 때도 있었지만, 아내는 불평 한마디 하지 않고 도와주었어. 그리고 발드르가 온 뒤로는 더욱 두 사람의 연대가 깊어졌지. 친아들이 생긴 것 같은 기분도 맛보았어. 내게 아내는…… 몸 일부와 마찬가지야. 그런 아내의 기억이 사라져 가는 것은 나 자신도 사라져 없어지는 거나 마찬가지야. 일을 해도 보람이 없고, 아내와의 추억도 잃게 된다면, 차라리 다 지워 버리면 된다. 그러면 저세상에서 처음부터 다시 시작할 수 있다……. 그렇게 생각했지."

이 사람은…… 너무 착해서 괴로운 거다.

보통 사람이라면 힘들다고 생각하면 일을 무책임하게 그만둔다. 그것은 전혀 나쁜 일이 아니다. 살기 위해서는 도망쳐야 할 경우도 있으니까……. 하지만 이 사람은 절대 도망치지 않고, 정면에서 맞서도록 자신을 궁지로 몰아넣고 괴롭혔다.

지금 이 괴로움에서 벗어나게 해 주지 않으면 이 사람은 진짜 죽는다.

죽음으로 발을 반걸음 들이민 사람에게 내가 할 수 있는 일은 무엇일까.

여러 세계에 발을 들이밀었던 나이기 때문에 지금 이 부부를 구하기 위해 할 일이 있을지도 모른다.

나는 어떤 계획을 세웠다.

"쓰지모토 씨……."

"응?"

"한 번 죽었다 생각하고 사는 건 어때요?"

"응?"

"당신은 오늘 죽었어요. 그러니까 다시 태어나서 새출발하는 겁니다."

"무슨…… 뜻인가?"

"서류상으로 정말 죽는 겁니다. 쓰지모토 씨와 부인과 발드르는 이 세상에서 없어지는 겁니다. 물론 서류상으로요. 이름도 뭐도 전부 바꾸고 새로운 땅에서 다시 태어나는 거죠."

"그렇지만…… 그런 짓을 하면 주위에 민폐를 끼치게 되지 않을까……."

"죽으려고 했던 사람이 무슨 걱정을 합니까. 지금 정말로 죽었다면 민폐고 뭐고 없겠죠? 죽어 버렸으니까. 일은 다른 사람 찾아서 어떻게든 하겠죠? 어떻게든 다 돼요. 세상없는 일이 생겨도 다 어떻게든 된다고요."

사람은 살지 않으면 안 된다, 살지 않으면 안 된다. 그것이 내가 부모에게 유일하게 배운 것이다.

쓰지모토가 살아남기 위해서는 죽었다는 생각으로 살아갈 수밖에 없다.

그러기 위해 내가 할 수 있는 일은 전력으로 지원하겠다. 나는 그럴 결심을 했다.

쓰지모토에게는 앞으로 2주일만 지금대로 생활할 것을 약속하고, 직장에서는 자살 뉘앙스를 풍기는 발언을 하도록 했다. 그러는 것으로 쓰지모토 부부가 이 땅에서 없어졌을 때, 그런 징조가 있었지 하고 주위에서 증언해 줄 테니.

나는 즉시 지인에게 부탁해서 가짜 신분증을 만들었다. 다른 사람이 되어 이주할 곳은 홋카이도 산속에 오랫동안 비어 있는 별장으로 했다. 부인의 증세를 생각하면 외국에서 살기는 어렵다. 쓰지모토도 홋카이도에는 여러 번 가 보았다며 찬성해 주었다.

그리고 모든 준비를 마치고, 마지막으로 쓰지모토가 쓴 유서에 결행일 날짜를 덧붙이도록 했다.

많은 생명을 빼앗았다. 살아 있을 의미가 없다.

8월 5일 쓰지모토

"쓰지모토 씨, 이것으로 이 세상과 안녕입니다. 새로운 세상에서 부인과 처음부터 다시 시작하세요. 당신은 이제 수의사도 아니고, '쓰지모토'도 아닙니다. 보건소에서 빨간 단추를 누르는 일도 두 번 다시 없어요. 기억이 희미해져 가는 부인과 새로운 추억을 만드세요. 쓰지모토 씨, 살아야 돼요, 목숨을 지켜야 돼요."

"아, 그렇지……. 살아야지……. 이 손으로 죽인 동물들 몫까지 살아야지……. 곤노 군, 고맙네."

8월 5일 이른 아침, 수배해 둔 어선으로 쓰지모토 부부와 발드르는 홋카이도로 출항했다.

그리고 나는 쓰지모토 부부의 차를 현내 바다까지 운전해 가서 제방 근처 창고 옆에 주차했다. 직접 쓴 유서를 운전석에 두고, 익숙한 두 켤레 신발을 발밑에 모아 두고 아무에게도 들키지 않도록 돌아왔다.

그 창고는 관리인이 매주 화요일에 순찰한다는 것도 사전에 조사해 두었기 때문에, 쓰지모토의 차와 유서가 발견된 것은 이틀 뒤. 이틀이나 지났으니 상당히 먼 바다까지 떠내려갔을 거라고 생각할 것이다. 사체가 떠오르지 않는 게 당연하다. 쓰지모토 부부는 이것으로 다시 태어날 수 있다. 계획은 완벽하다고 생각했다.

그러나 쓰지모토 부부가 홋카이도로 떠난 날, 마사미가 누군가에게 살해되고, 쓰지모토 부부 이름이 용의자로 떠올랐다.

그날, 미츠 씨 앞으로 보낸 폭탄 예고장에 쓰지모토의 지문이 묻어 있었다고 하지만, 그럴 리 없다. 무언가 착각일 거라고 생각했지만, 훗날 계획대로 쓰지모토의 유서가 발견됨으로써 수사는 종결됐다. 그러나 쓰지모토는 용의자라는 꼬리표가 붙은 채…….

나는 진범이 있다고 확신했다. 그리고 이 손으로 절대로 찾아내고야 말겠다고 맹세했다.

아무리 죽은 것으로 돼 있다고 해도 쓰지모토를 마사미 살인 범으로 둘 수는 없다. 마사미의 생명을 빼앗은 진짜 나쁜 녀석도 찾아내고 싶었다. 그런 생각으로 나는 미츠 씨가 있는 곳을 조사하다 드디어 찾아냈다. 가까이에 있으면 무슨 정보든 들어올 거라고 생각했다.

그런 5년 전 일을 돌이키면서 택시에서 내려, 산길을 부지런히 걸었다.

나무에 둘러싸인 산속은 공기가 서늘하여 기분이 좋다.

차도가 없는 길을 50분쯤 걸어가니, 나무판자에 '커피 빛'이라고 쓰인 간판이 보였다.

"이런 산속에 카페라도 있는 걸까……."

간판 아래 그려진 화살표 방향으로 가 보니, 자그마한 통나무 집이었다. 그 통나무집은 5년 전 쓰지모토에게 제공한 빈 집을 개조한 것이리라. 대체 언제부터 카페로……?

문 옆에는 '아리무라'라는 문패가 걸려 있다.

그것은 쓰지모토가 다시 태어난 뒤의 이름이다.

나는 '아리무라'라고 쓰인 문패 옆의 종을 흔들었다.

방울꽃 같은 종 아래 매달린 끈을 좌우로 흔드니, 띠리리링

하는 기분 좋은 소리가 울렸다.

그러자 작은 통나무집 안에서 "네, 들어오세요." 하는 소리가 들리고, 나는 살짝 문을 열고 안으로 들어갔다.

안에 들어가니, 나무 향과 커피 향이 하나로 어우러져 떠돌고 스무 평 남짓한 공간 한복판에는 카운터 키친이 설치되어 있었다.

카운터에는 네 발 의자가 놓여 있고, 텔레비전도 컴퓨터도 없는 자연으로 넘치는 작은 카페 분위기다.

그리고 카운터 안쪽에 있는 사람은 수염이 약간 긴 쓰지모토였다.

"곤노…… 군……?"

나와 눈이 마주친 쓰지모토는 카운터에서 달려 나왔다.

"어쩐 일인가? 갑자기…… 아, 반갑네, 하나도 변하지 않았어. 그때는 정말 신세가 많았네……."

단숨에 말을 걸어오는 쓰지모토의 눈은 그때와 완전히 딴판으로 반짝반짝 빛났다.

"건강한 것 같아서 다행이네요. 부인도 건강하시죠?"

"응, 덕분에 건강해. 자기를 소녀라고 생각하지만, 그래도 매일 생기발랄하게 꽃에 물을 주며 살고 있어."

"그렇습니까, 그거 잘됐군요."

"발드르도 잘 있어. 이 카페 이름은 발드르를 힌트로 지은 거야. 발드르는 독일어로 '빛'이란 뜻이잖아? 그래서 발드르라고 불렸던 시절의 흔적을 남기고 싶어서 말이야."

쓰지모토와 마찬가지로 발드르도 이름을 바꾸어서, 지금은 '바루'라고 부른다고 한다. 이탈리아어로 '커피 가게'란 뜻이라고.

쓰지모토 부부는 주로 자급자족 생활을 하는 듯했지만, 1년 전부터 등산객을 상대로 이 커피 가게를 열었다고 한다.

"발드르는 말이야, 정말로 빛 같은 존재야."

"빛이요?"

"응, 이곳을 지나가는 등산객을 안내해 주는 빛 같은 존재야. 우리 집 커피를 마시고 가는 사람들은 모두 발드르를 통해 서로 마음을 나누지. 발드르의 존재로 우리는 살아 있는 걸 실감하고 있어."

쓰지모토는 생기 넘치는 모습으로 이야기했다. 그때 생명을 잃지 않길 정말 잘했다. 죽을 생각으로 다시 태어나 주어서 정말 다행이다.

눈동자를 반짝거리던 쓰지모토는 다시 카운터 안으로 돌아갔다. 나를 위해 커피를 끓여 주겠다고 했다. 나는 그런 쓰지모토의 뒷모습에 대고 본론을 꺼냈다.

"저기…… 미츠 씨 아들 마사미 이야기 들었어요?"

"마사미? 아니, 5년 전에 이곳에 온 뒤로는 아무것도……. 발드르와 마사미는 서로 외로움을 달래 주는 좋은 친구였지. 떨어뜨려 놓아서 미안했어. 다들 잘 지내지?"

이곳은 텔레비전도 없고 인터넷도 없다. 이런저런 정보는 지역 신문뿐이라고 한다. 그래서 5년 전에 마사미가 살해당한 사건도 모르는 채일 것이다.

다시 태어난 생활을 하는 쓰지모토에게 마사미 이야기를 전하는 것은 잔인할지도 모르지만, 진범을 잡기 위해서도 지금, 그날 이야기를 해야만 한다.

"실은 쓰지모토 씨가 떠난 날……."

마사미 사건을 들은 쓰지모토는 그 자리에 쓰러져 울었다.

쓰지모토의 울음소리에 반응한 발드르는 다가와서 쓰지모토의 얼굴을 핥았다.

밖에서 꽃에 물을 주던 부인도 통나무집 안으로 들어오더니, 우는 쓰지모토 씨를 감싸듯이 껴안았다. 다만, 부인은 마사미를 기억하지 못하는 모습이었다. 그저 눈앞에 있는 사람이 슬퍼하는 것을 공감하고 위로해 주는 것이리라.

"어째서 마사미가…… 어째서……. 모두 건강하게 잘 지낼 줄 알았는데…… 미츠 씨는? 미츠 씨는 어떻게 지내고 있나?"

"형사를 그만둔 후, 집을 나와서 캠핑카에서 살고 있어요."

그리고 마사미를 죽인 용의자로 쓰지모토가 의심받았지만, 유서가 발견됨으로써 사건은 종지부를 찍었다는 사실도 전했다. 그러나 5년 전 그날, 쓰지모토 부부가 홋카이도 펜션에 들렀던 것이 판명되어, 재수사가 시작됐다는 얘기를 전하자, 쓰지모토는 망설임 없이 이렇게 말했다.

"우리가 할 수 있는 일이라면 뭐든지 하겠어. 지난 5년 동안, 살아 있길 잘했다는 생각을 되찾을 수 있었다네. 그건 인생에서 가장 소중한 에너지가 됐어. 곤노 군 덕분이야. 우리가 살아 있는 것으로 마사미에게 도움 되는 일이 있다면, 지난 5년 일에 어떤 죗값을 받든, 미츠 씨한테 협력하겠네."

쓰지모토의 결의대로 하면 동시에 나도 문서 위조죄에 걸리게 된다.

하지만 지금 쓰지모토가 살아 있기 때문에 받을 수 있는 벌이다. 그렇게 생각했다.

"그런데 어째서 마사미가……. 마사미는 그날, 아빠하고 축

제에 가기로 했을 텐데. 아빠하고 금붕어 건지기를 한다
고……."

"네, 그러기로 했지만, 미츠 씨 앞으로 폭탄 예고장이 날아와
서, 미츠 씨는 마사미와의 약속을 지키지 못했어요."

"뭐? 지키지 못했다고? 그건 달라."

"다르다니, 뭐가요?"

"폭탄 예고장은 마사미가 미츠 씨한테 보낸 거야."

"……?"

"아빠는 언제나 일만 우선하니까, 자기가 사건을 일으키면 아
빠를 독차지할 수 있다고……."

"무슨 소린지……."

"여름 축제 이틀 전에 마사미가 우리 집에 왔더라고. 폭탄 예
고장을 만들고 싶은데 어떻게 만들면 좋을지 물어보더군."

"그래서요? 쓰지모토 씨는 어떻게 했어요?"

"물론 도와줬지. 이게 마사미한테 해 줄 수 있는 마지막 도움
이라고 생각했으니까. 마사미는 줄곧 고민했어. 미츠 씨가 약
속을 깰 때마다 아빠한테는 자신이 1등이 아니라고. 실망할
때마다 발드르를 만나러 왔어. 친구인 발드르와 함께 있는 것
으로 외로움을 달랬을 테지. 그래서 난 뭐라도 도움이 됐으면

해서 마사미의 계획을 도와주기로 했는데, 설마 그런 사건이 될 줄이야……. 나는 당연히 마사미가 놀이 반으로 한 말이라 생각했는데."

예고장에서 쓰지모토의 지문이 검출된 이유가 이제야 판명됐다. 여름 축제가 열리는 신사에 왜 쓰지모토가 폭탄을 설치해야 했는지 모두가 의문으로 여겼다. 그 수수께끼가 지금 드디어 풀렸다.

동시에, 여름 축제 전날, 마사미가 우체통에 봉투를 넣으려고 했던 기억을 떠올렸다. 손이 닿지 않아서 까치발 하고 있는 마사미에게 말을 걸었더니, 놀란 마사미가 봉투를 땅에 떨어뜨렸다. 나는 그 봉투를 주워서 셔츠 자락으로 흙을 털고, 마사미 대신 우체통에 넣어 주었다. 그때 그 봉투가 설마 예고장이었다니…….

그런가, 그래서 활자를 오린 종이에서 쓰지모토의 지문만 검출되고, 봉투 바깥쪽에서는 내 지문만 나왔구나. 내가 셔츠 자락으로 봉투를 문질러서 마사미의 지문은 지워진 것이다.

"그럼 그날, 마사미는 축제가 열린 신사에 갔다는 말인가요?"

"응, 아마 갔을 거야. 마사미는 거기서 아빠한테 소중한 것을 건네주겠다고 했으니까……."

"소중한 것?"

"맞아, 분명히 그렇게 말했어. 다만 그게 뭔지는 나도 몰라."

"쓰지모토 씨, 이 이야기, 미츠 씨한테 전부 솔직하게 얘기해도 돼요?"

"물론이지, 나도 함께 미츠 씨한테 가겠네."

✳

옛날 동료에게 현재 진척된 수사 보고를 들은 나는 다음 날, 5년 만에 그 신사에 가 보기로 했다. 인터넷에서 여름 축제 개최일을 찾아보니, 우연히도 오늘이 마지막 날이었다. 수사가 종결된 뒤 그 신사에는 한 번도 발을 들인 적이 없지만, 나는 다시 한 번 원점에 서 보기로 했다.

아무리 쓰지모토에게 알리바이가 있다고 해도 폭탄 예고장에 쓰지모토의 지문이 남아 있는 건 사실이다. 어떤 형태로 폭탄 사건과 연루된 게 아닐까.

히로무가 가르쳐 준 지름길로 지나가는데 묶여 지내던 개 고로의 집이 보였다.

고로는 이제 창고에서 지내는 일 없이, 마을 사람들과 함께 만든 훌륭한 개집에서 살고 있다. 다리 치료도 계속해서 매일 조금씩 산책을 하고 있다고 한다.

그런 고로 집 바로 앞까지 왔을 때, 낯익은 노란 머리의 뒷모습이 있었다.

"히로무!"

개집 앞에서 아이스크림을 먹으면서 고로를 쓰다듬고 있는 히로무를 발견했다.

"아, 미츠 씨!"

"뭐 하는 거냐?"

"공원에 갔더니 도서관 차가 없어서요. 심심해서 아저씨 대신 고로 산책을 시켜 주었더니 아이스크림을 줬어요."

"오, 히로무도 일일일선 하는 거냐."

"네? 일일일선? 뭐예요, 그게, 밥 얘기? 그보다 미츠 씨는 어디 가요?"

"어, 저기…… 난 신사에 좀."

"신사?"

"그래, 이웃 마을 신사의 여름 축제에 간다."

"혼자요?"

"뭐…… 그렇지."

"나도 갈래요."

어젯밤에 제대로 못 잔 나지만, 언제나 한결같은 히로무를 만나니 마음이 조금 편안해졌다. 어쩌면 마사미와 나이가 비슷한 히로무와 함께 가면 당시에는 보이지 않았던 무언가가 보이지 않을까. 그 '무언가'가 무엇인지 지금은 전혀 감도 잡히지 않지만…….

"조수석에 아이스크림 흘리지 마."

그렇게 말하자, 히로무는 얼른 아이스크림을 한입에 다 넣고 개집 옆에 있는 쓰레기통에 막대기를 버리더니, "이제 됐죠?" 하고 능청스러운 얼굴로 조수석에 올라탔다.

옆에 히로무를 태우고 여름 축제가 열리는 신사에 도착하니, 시작하기까지 아직 시간이 있는지 노점들이 준비를 하고 있었다.

나는 히로무에게 "기도할까?"라고 했다. 히로무 것과 합쳐서 200엔을 새전함에 넣고 기도했다. 마사미 사건에 한 걸음이라도 더 진상에 가까워지게 해 달라고…….

히로무는 무엇을 빌었는지는 모르겠지만, 두 손을 모으고 진지하게 기도했다.

"히로무, 뭘 빌었냐?"

"안 가르쳐 줘요. 말하면 기도를 들어주지 않잖아요?"

"그런 징크스가 있어? 괜찮으니까 말해 봐."

"미츠 씨 머리가 자라기를……이라고."

"그거라면 안 묻는 편이 좋았네. 들어주지 않으면 곤란한걸."

"거봐요."

히죽거리는 히로무는 청바지 주머니에 양손을 찔러 넣고 돌계단을 내려갔다.

다양한 가게가 늘어선 은행나무 가로수 길을 걸어가며 보니 이미 몇 군데는 개점을 했다.

다코야키 가게 앞을 지나는데, 주인이 히로무에게 시식용 다코야키를 한 개 내밀었다.

따끈따끈한 다코야키를 한입 문 히로무는 "아, 뜨거! 그렇지만 맛있어요!" 하고 만족스럽게 먹었다.

그리고 은행나무 가로수 길 한복판 즈음에는 마사미가 기대했던 금붕어 건지기도 나와 있었다.

"히로무, 금붕어 건지기 할까?"

그러자 히로무는 "안 해요, 애도 아니고." 하고 바로 거절하더니, 다코야키를 꽂았던 이쑤시개를 쓰레기통에 버렸다.

그러나 금붕어가 헤엄치는 수조 가까이 지나가다, 히로무는 쭈그리고 앉아 말똥말똥 금붕어를 보았다. 신기한 걸까…… 생각하면서 그 모습을 보고 있으니, 순간, 히로무와 마사미의 모습이 포개졌다.

"미츠 씨, 뭘 그렇게 보고 있어요."

"미안, 미안. 잠시 생각난 일이 있어서."

"생각난 일이요?"

"응, 나한테는…… 마사미라는 아들이 있었거든."

"흠…… 여자 이름 같네."

"놀라지 않냐?"

"뭘요. 그렇지 않을까 생각했어요. 그 마사미란 아이가 죽었어요?"

"으응……. 5년 전 여름, 여기 같이 오기로 약속했는데, 내가 약속을 깨는 바람에 어떤 사건에 말려들었어……."

"역시……."

"응?"

"역시 한번 해 볼까나."

"그래, 기왕 온 길에 해 봐."

마사미 대신에……라고 하면 둘러대기 좋을지도 모르지만, 그날, 금붕어 건지기를 시켜 주지 못해 원통한 마음을 히로무가 헤아려 준 것 같아서 조금 위로가 됐다.

주인에게 100엔을 건네자, 막대기 끝에 동그란 종이 뜰채가 달린 것을 한 개 주어서 그걸 받아 든 히로무는 열심히 금붕어를 낚아 올렸다.

그때, 금붕어 한 마리가 수조에서 튀어나가, 바닥에 떨어져서 파닥파닥 뛰었다.

"어이, 꼬마야! 아이고, 좀 더 부드럽게 해야 돼!"

"처음 하는 거라서 그런 거 몰라요!"

"종종 이렇게 못하는 애들이 있다니까."

"못하긴 뭘 못해요!"

"금붕어는 상품이니까 좀 잘 다뤄 줘."

주인은 흙 위에서 파닥거리는 금붕어를 수조에 돌려놓고 "그러고 보니 전에 그런 일이 있었지"라고 했다. 히로무가 "뭐요?" 하고 물었다.

"너같이 못하는 아이가 금붕어를 떨어뜨려서 말이다. 그때는 금붕어가 죽어 버렸지. 그래서 내가 '상품이야!' 하고 야단치고 쓰레기통에 금붕어를 버리려고 했더니, 그걸 보고 꼬마 녀석이 '금붕어는 물건이 아니에요!' 하고 화를 내면서……"

"그래서요?"

"버릴 거라면 주세요, 라고 해서 옜다 하고 줬지."

"그래서요?"

"그 죽은 금붕어를 두 손으로 감싸고, '마군이 모두 있는 곳에 묻어 줄게'라고 하더군."

"모두 있는 곳?"

"응, 무슨 무덤 같은 것 아니었을까? 죽은 금붕어를 비닐봉지에 넣어 주었더니 들고 어디론가 달려가데."

"특이한 애네요."

"뭐, 그러게. 좀 특이하기도 하더라. 돈이 없었는지 줄곧 수조만 보고 있다가 그때도 이상한 말을 했었지."

"이상한 말?"

"이 신사에 폭탄이 장치되어 있다나 뭐라나. 그냥 꾸민 거짓말이겠지. 그러고 나서 폭발 사고는 일어나지 않았거든. 아이들은 어른들 마음을 끌려고 거짓말하는 일이 흔히 있으니까."

마군……? 폭탄……?

아내가 마사미를 '마군'이라고 불러서 마사미 본인도 자신을 '마군'이라고 했지만, 설마 주인이 말하는 '특이한 애'가 마사미……?

"왜 그래요? 미츠 씨. 원래 이상하게 생긴 얼굴이 더 이상해졌어요."

"아니, 어쩌면 그 특이한 애가 우리 아들일지도 몰라……."

폭탄 예고장이 온 그날, 함께 여름 축제에 가지 못하게 됐다고 전화로 마사미에게 말했을 때, "신사에는 폭탄이 있을지도 모르니까 절대로 가까이 가면 안 돼"라고 다짐해 두었지만, 어쩌면 마사미는 나를 만나러 이곳에 왔던 게 아닐까.

"저어, 그게 언제쯤 일인가요?"

주인에게 그렇게 묻자, 검지를 미간에 대고 먼 기억을 더듬는 듯하더니 이렇게 말했다.

"글쎄요……. 4, 5년쯤 됐나."

이 신사에 폭탄이 장치됐다는 정보는 그 시점에서는 언론에도 발표하지 않았다. 아는 사람은 극히 소수의 사람뿐이었다.

틀림없다. 5년 전 여름 축제날, 마사미는 이 신사에 왔었다.

발드르를 만나러 간 게 아니라 이 신사에 있었다.

마사미의 진짜 목소리를 듣고 싶다…….

진심으로 그렇게 느꼈을 때, 내 휴대전화가 울렸다.

바지 주머니에서 꺼내 화면을 보니 곤노에게 온 전화였다.

　　　　　　✳

고리야마 역에 있다는 곤노는 죽은 쓰지모토 부부와 함께라고 했다.

영문을 알 수 없어서 일단 히로무와 함께 도서관 차를 타고 역까지 갔더니, 마치 유령을 보는 것 같은 광경이 우리를 기다렸다.

마사미를 죽인 의혹을 받은 채 저세상으로 떠났을 쓰지모토 부부와 홀연히 자취를 감춘 발드르가 눈앞에 서 있었다.

내가 저세상에 온 걸까. 순간, 그런 기분이 들었다.

조수석에 타고 있던 히로무는 발드르를 보고, "우와! 짱 멋있어!" 하고 솔직한 감상을 말했다.

대체 이게 어떻게 된 걸까.

곤노는 어떤 형태로 마사미 사건에 관여한 걸까.

"미츠 씨, 갑자기 불러내서 미안합니다."

역 로터리에 차를 세우고 곤노가 달려오더니 그렇게 말했다.

"곤노, 너…… 이 사건에 관여돼 있었냐? 어째서 쓰지모토 부부가…… 살아 있는 거야?"

그러자 옆에 있던 히로무가 "네? 저기 있는 사람들 유령이에요?" 하고 물었다.

곤노는 "그럴 리가 없잖아." 하고 히로무에게 말하고, "사건에 관해 자세히 얘기하고 싶으니 잠깐 시간 좀 줄래요?" 하고 말했다.

나는 "당연히 들어야지"라고 대답하고, 쓰지모토 부부와 발드르를 차에 태웠다.

발드르는 내 얼굴을 본 순간, 쓰지모토가 잡고 있던 줄을 놓쳐 버릴 정도의 힘으로 달려와서 꼬리를 떨어져라 흔들었다.

"발드르, 살아 있어 주었구나, 발드르, 보고 싶었어……."

달려드는 발드르를 나는 꼭 껴안았다.

마사미에게도 보여 주고 싶다. 친구처럼 마음을 나누었던 발드르를 만나게 해 주고 싶다. 마사미도 어딘가에 살아 있어 주었더라면…… 이렇게 재회할 수 있다면…… 얼마나 좋을까. 하지만 죽은 마사미의 모습을 직접 보았다. 쓰지모토 부부나 발드르처럼 재회할 일은 영원히 없다.

꼬리 흔드는 발드르를 나는 세게 껴안았다.

그리고 발드르와 재회의 기쁨을 만끽한 뒤, 쓰지모토의 얼굴을 똑바로 보니 쓰지모토는 나와 발드르의 재회를 보며 눈물 흘리고 있었다.

마사미를 죽인 범인으로 지목됐던 이 남자는 사람을 죽일 만한 사람이 아니다.

뺨을 타고 내리는 쓰지모토의 눈물을 보고, 나는 느꼈다.

쓰지모토는 내 손을 잡고, "갑자기 떠나서 미안해요……. 마사미 일…… 정말로 유감입니다……. 내가 아는 것은 전부 얘기할게요……"라고 했다.

발드르를 포함하여 일단 전원이 도서관 차에 올라탔다.

부인은 곤노가 전화로 얘기한 대로 당시의 흔적은 없고 자신을 소녀라고 믿는 모습이었다. 오른손에는 토끼 인형을 안고 머리에는 빨간 리본을 달고 프랑스 인형이 입을 것 같은 꽃무늬 스커트를 입고 있다. 도저히 60대 여성의 차림은 아니어서 치매가 진행되고 있음이 한눈에 보였다.

조수석에 탄 히로무는 발드르에게 흥미를 보여, 뒷좌석에 앉게 했다. 둘은 바로 친해져서 발드르는 히로무의 얼굴을 날름날름 핥았다.

곤노의 정보에 따르면 쓰지모토 부부가 당시 살던 집은 아직 빈집이라고 한다. 살인 용의자인 데다 동반 자살까지 한 걸로 돼 있는 부부의 집은 좀처럼 팔리지 않았을 것이다. 곤노가 집

열쇠를 갖고 있다고 해서 자세한 얘기는 거기서 듣기로 했다.

어쩌면 곤노는 언젠가 다시 쓰지모토 부부가 돌아올지도 모른다고 생각했던 걸까. 빈집으로 있었지만, 별로 상한 데도 없고 곰팡내도 나지 않았다. 이따금 환기를 시키러 온 것 같다. 도중에 산 캔 커피를 모두에게 나눠 주고, 5년 전의 진실을 들었다.

쓰지모토 부부가 정말로 동반 자살하려고 했다는 것. 그걸 곤노가 발견하고 죽었다 생각하고 다시 태어나도록 계획을 세웠다는 것. 부부가 배로 홋카이도에 간 뒤, 곤노가 유서와 함께 차를 바닷가 제방에 세워 둔 것. 내 앞으로 보낸 폭탄 예고장은 마사미가 보냈다는 것. 그 예고장을 작성한 것은 쓰지모토라는 것. 그리고 여름 축제 전날, 예고장을 우체통에 넣으려는 마사미와 우연히 마주친 곤노가 키가 작은 마사미를 대신해서 예고장을 우체통에 넣어 준 것. 게다가 여름 축제 날, 마사미는 그 신사에서 내게 '소중한 것'을 건네려고 했다는 것. 쓰지모토 부부가 실종된 것과 마사미가 살해당한 것은 전혀 다른 맥락이었다.

"그렇다면 그날 역시 마사미는 아까 그 신사에 있었군요……. 내게 건네고 싶은 것이 있다고 했는데, 어째서 보건소에……

거기서 무슨 일이 있었던 거지……."

내가 그렇게 중얼거리자, 곤노가 "역시라니 무슨 뜻인가요? 미츠 씨." 하고 물었다. 그러자 일련의 이야기를 듣고 있던 히로무가 이런 말을 했다.

"금붕어 아저씨가 미츠 씨 아들한테 죽은 금붕어를 줬다고 그랬잖아요. 혹시 그 죽은 금붕어가 관련 있는 것 아닐까요? 비닐봉지에 담은 걸 어디론가 갖고 갔다잖아요?"

곤노는 "죽은 금붕어?" 하고 히로무에게 물었다. 히로무는 아까 금붕어 주인에게 들은 이야기를 모두에게 설명했다.

그러자 조용히 듣고 있던 쓰지모토가 입을 열었다.

"어쩌면……."

"쓰지모토 씨, 무언가 짐작이라도?"

"아뇨, 짐작이랄 것까지는 아니지만, 마사미는 그 죽은 금붕어를 혼자 묻으면 불쌍하다고 생각하지 않았을까 하고……."

"무슨 말인지 잘 모르겠는데."

"전에 살처분한 동물들은 모두 함께 무덤에 넣는다는 것을 가르쳐 주었을 때, '그럼 외롭지 않겠네요.' 하고 마사미가 말했어요. 어쩌면 금붕어를 동물들과 함께 무덤에 묻어 주려고 보건소로 갔다……고 생각할 수 있지 않을까요. 물론 무덤이 보건소에 있는 건 아니지만……."

쓰지모토의 예상은 아주 설득력이 있었다.

착한 마사미라면 충분히 그런 행동을 생각할 수 있다. 많은 동료들이 잠들어 있는 곳에 금붕어도 같이 넣어 주고 싶다고, 그렇게 생각했을지도 모른다.

그렇다면 지금도 보건소 어디엔가 금붕어가 묻힌 흔적이 남아 있지 않을까. 물론 형태는 없을지도 모른다. 하지만 적어도 성분이 검출된다면 마사미가 직접 보건소로 갔다는 진상이 밝혀진다.

그때의 마사미에게 한 걸음 다가갈 수 있을지도 모른다.

진실을 밝힐 희망의 빛이 보이기 시작한 그때, 토끼 인형을 갖고 놀던 쓰지모토 부인이 히로무에게 "마사미, 여름 축제 즐거웠어?" 하고 물었다.

히로무가 어떻게 대답해야 좋을지 몰라 난감해 하자, "다코야키나 오코노미야키 사 먹으면 안 돼"라고 하면서 히로무의 머리를 쓰다듬었다.

마사미가 죽은 것을 인식하지 못하는 부인에게 히로무는 "알 겠어요. 사 먹지 않을게요"라고 말해 주었다.

언어 사용이나 소행은 칭찬받을 히로무가 아니지만, 사람으로서 가장 중요한 '배려'를 아는 소년이라는 것을 새삼 느꼈다. 그런 착한 히로무와의 만남은 어쩌면 마사미가 만들어 준게 아닐까……. 문득 그런 느낌이 들었다.

나는 마사미의 진실의 목소리를 듣기 위해 발드르의 힘이 필요하다고 생각했다.

"발드르……, 협력해 주렴."

발드르는 우수한 K-9이기 전에 마사미의 가장 친한 친구다. 그런 발드르라면 분명 마사미의 '생각'을 찾아 줄지도 모른다. 그날, 죽은 금붕어를 손에 든 마사미가 어디로 달려갔는지, 발드르의 후각이라면 해명할 수 있을지도 모른다.

우리는 그 수조의 금붕어를 한 마리 얻기 위해 여름 축제가 열리는 신사로 서둘러 갔다.

＊

신사 근처 주차장에 도서관 차를 세우고, 금붕어 건지기가 나와 있는 은행나무 가로수 길까지 뛰다시피 갔더니, 이미 주위는 어둡고 여름 축제는 파장한 모습이었다.

각 점포 텐트는 하나도 없고 완전히 평소의 고요한 신사로 돌아가 있다.

다른 축제에도 가는 것 같은 금붕어 건지기 상점 주인은 대체 어디로 가면 또 만날 수 있을까. 같은 수조에서 키운 금붕어로 하지 않으면 성분을 검출해도 의미가 없다…….

좀 전까지 내 마음을 비추던 한 줄기 희망의 빛이 가느다란 실이 되어 사라져 갈 것 같은 느낌이었지만, 곤노가 "내가 그 금붕어 주인을 조사할 테니 안심하세요, 미츠 씨"라고 위로해 주어서 가느다란 희망의 빛은 유지할 수 있었다.

나는 형사를 그만둔 뒤로 지난 4년 동안 줄곧 몸에 지니고 다녔던 마사미의 유품 머리띠를 처음으로 곤노에게 보여 주고, 발드르 코에 갖다 댔다.

"자, 발드르, 반갑지? 마사미 냄새야."

초등학교 1학년 운동회에서 마사미가 1등한 기념인 머리띠……. 이것만큼은 집에 둘 수가 없어서 줄곧 갖고 다녔다.

마음이 힘들 때, 이 머리띠를 꼭 쥐고 있으면 마사미의 목소리가 들리는 것 같은 기분이 들어서…….

"일단 오늘은 철수합시다."

그렇게 말하고 주차장으로 돌아가려고 할 때, 발드르가 신사 안으로 달리기 시작했다.

"발드르, 그쪽이 아냐. 자, 차로 돌아가자."

그러나 발드르는 힘찬 걸음으로 어디론가 향했다.

줄을 잡고 있던 쓰지모토는 발드르에게 이끌리듯이 따라가고, 히로무를 완전히 마사미라고 생각하는 부인은 웃는 얼굴로 "따라가자"라고 했다.

발드르는 무엇엔가 이끌리듯이 한 걸음 한 걸음 나아가더니, 은행나무 가로수 길을 지나 돌계단을 올라가서 세전함 있는 곳까지 달려갔다.

"여기는……."

쓰지모토 왈, 이곳은 발드르와 마사미가 자주 놀러 오던 산책 코스라고 한다.

몇 년 만에 맡은 마사미의 냄새에 반응하여 무언가를 떠올린 듯이 달리는 발드르는 어쩌면 마사미에 관련된 어떤 진실을 알고 있지 않을까.

그때, 세전함 근처 나무 밑동에서 발드르가 신음하는 듯한 소리를 냈다.

"발드르, 왜 그래? 여기 뭐가 있는 거야?"

신음하는 듯한 소리를 내는가 싶더니 이번에는 힘차게 짖기 시작했다.

"멍! 멍멍!" 하고 내 쪽을 보면서 계속 짖었다.

이것은 현장에 남은 범인의 유류품 등을 발견했을 때 보이는 모습이다.

날카롭고 공격적인 소리로 발드르는 나무 밑동을 향해 짖기 시작했다.

"혹시 뭐 묻어 놓은 거 아닐까요?"

히로무의 말대로 마사미와 관련된 무언가가 이곳에 숨겨져 있을 거라는 느낌이 왔다.

떨어진 나뭇가지를 삽 대신으로 해서 휴대전화 불빛이 나무 밑동을 비추는 가운데 그곳을 파헤쳤다. 20센티미터쯤 팠을 때 작은 깡통 상자 같은 것이 모습을 드러냈다.

쿠키 깡통으로 보이는 뚜껑에는 사인펜으로 '폭탄'이라고 쓰여 있다.

"이건……."

녹슨 깡통 뚜껑에 쓰인 글씨는 틀림없이…… 마사미 글씨다.

두 손으로 흙을 파헤쳐서 손바닥 크기의 깡통을 조심스럽게 꺼내 흙을 털어 냈다.

뭐가 들어 있는지 상상이 가지 않는다.

그리 무겁지도 않고, 가로로 흔들어 보니 무언가 좌우로 움직이는 듯한 진동이 느껴졌지만, 딱딱한 것은 아닌 것 같았다.

이것을 여는 것으로 암흑 같은 과거를 덧칠할 수 있을지도 모른다. 아니, 미래를 비추는 희망의 빛이 사라지지 않을지 모른다. 그 순간 나는 이 작은 상자의 뚜껑을 여는 데 말도 안 되게 큰 용기가 필요했다.

그런 내 마음을 헤아렸는지 히로무가 이런 말을 했다.

"미츠 씨, 혼자가 아니에요."

나를 똑바로 보는 히로무의 다정한 눈동자가 큰 힘이 되었다. 등 뒤에서 휴대전화로 빛을 비추던 곤노의 눈동자도, 발드르에게 애정을 쏟아 준 쓰지모토의 눈동자도, 쓰지모토를 지탱해 온 부인의 눈동자도, 그리고 마사미를 더할 수 없이 사랑했던 발드르의 눈동자도…… 모두가 내게 용기를 주고 있다.

그렇다, 나는 지금 혼자가 아니다.

이 안에 무엇이 들어 있건, 그것으로 인해 과거나 미래가 바뀐다 해도 지금 눈앞에 있는 현실을 받아들이지 않을 수 없다.

한 사람 한 사람의 눈동자에 등을 밀린 나는 용기를 내어 작은 깡통 뚜껑을 열었다.

안에서는 먼저 하얀 종이가 한 장 나왔다. 그 종이에는 "펑!" 이라고 쓰여 있다.

흰 종이를 깡통에서 꺼내니, 이번에는 화장실 휴지 심지로 만든 다이너마이트가 두 개 들어 있었다. 이것은 아마 마사미의 수제 '폭탄'일 것이다.

나는 그 두 개의 다이너마이트를 뺨에 댔다. 마사미의 온기가 담긴 그 다이너마이트를 꼭 껴안았다.

한 개의 다이너마이트를 자세히 보니 심 안에 동그랗게 뭉친 종이가 들어 있었다.

꺼내서 펼쳐 보니 그것은 마사미가 쓴 편지였다.

아빠에게

축하해요.

사건은 해결됐습니다!

그러니까 나랑 많이 놀아 주세요! 금붕어 건지기, 같이 해요. 아빠를 정말 좋아하고 아빠랑 많이 놀고 싶어서 폭탄을 만들었어요.

진짜 같죠?

마사미 드림

아빠와 함께 놀고 싶다……, 일곱 살 남자아이의 당연한 소원을 나는 들어주지 못했다. 장난감 폭탄을 만들어서 아빠의 마음을 얻고 싶어 하는 마사미의 마음이 이 수제 다이너마이트를 통해서 아프도록 전해졌다.

그것과 동시에 이런 것을 만들게 한 자신이 너무나 싫었다.

마사미가 말한 '중요한 것'이란 이 수제 다이너마이트를 말하는 걸까.

혹시나 하고 또 하나의 다이너마이트 안을 보니, 뭔가 묵직한 것이 들어 있다. 꺼내 보니, 곰돌이 캐릭터 손수건에 무언가 싸여 있는 모습이다.

전혀 짐작이 가지 않아, 조심스럽게 손수건을 펼쳐 보니…… 안에서 회중시계가 나왔다. 이 시계는 내가 대학에 입학할 때 아버지가 선물해 준 것인데, 마사미가 어릴 때부터 갖고 싶어 했기에 초등학교 입학 축하 선물로 주었다.

그걸 어째서 다시 내게……?

나는 먼 과거로 타임 슬립 한 것처럼 기억 구석구석을 뒤졌다. 그리고 마사미가 내게 전하고자 한 진의를 떠올렸다.

이 회중시계를 마사미에게 선물할 때, 나는 이런 말을 했다.

"마사미, 시간은 아주 소중한 거야. 지금 이 순간은 지금밖에 체험할 수 없어. 그러니까 가족끼리 함께 있는 시간을 소중히 해 나가자꾸나."

그것은 아버지에게 회중시계를 물려받을 때, 내가 들은 말이었다.

마사미는 그 사실을 내게 떠올리게 하고 싶었을지도 모른다.

'중요한 것'이란 이 회중시계가 아니라, 나와 보낸 시간이었던 것이다.

언제나 일을 우선하는 아빠에게 가장 소중한 것을 깨우치려고 예고장이라는 이름의 러브 레터를 보낸 것이다.

그날 이후, 5년 동안 계속 잠들어 있던 마사미의 생각이 마음에 와 닿았다.

소중히 생각한다면 그걸 우선하면 된다. 단지 그뿐인 것을 나는 하지 못했다.

일보다 가족을 우선하는 것은 폼 나지 않는다고 생각했다. 동료에게 수훈을 빼앗기는 건 아닐까, 상사 눈 밖에 나는 건 아닐까 전전긍긍했다. 지금 생각하면 그런 건 아무렇거나 상관없는 일인데. 내게 정말로 소중한 것이 무엇인지 나는 모르고 있었다.

마사미와 약속을 깰 때마다 아이를 외롭게 만든다는 걸 알면서 '마사미는 말귀를 잘 알아듣는 착한 아이니까'라고, 내 편한 대로 해석했다.

"미안…… . 미안하다, 마사미. 늘 외롭게 만들어서 미안해…… ."

지난 5년 간 한 번도 울지 못한 내 눈에서 처음으로 눈물이 쏟아졌다.

줄곧 울지 못했다.

마사미가 떠난 뒤에 한 번도 울지 못했다.

울어 버리면 마사미가 없는 현실을 받아들여야 한다고 생각했기에.

고독한 자신을 인정해야 한다고 생각했기에…… 줄곧 울지 못했다.

하지만 우는 것이 고독한 게 아니다.

울지 못하는 것이 진짜 고독이다.

마사미의 가장 친한 친구는 마사미의 마음을 전해 줌과 동시에 나를 고독의 끝에서 구해 주었다. 현실을 받아들이고 앞으로 나가기 위한 힘을 주었다. 그리고 슬픔을 함께해 줄 동료가 있다는 것도 가르쳐 주었다.

나는 발드르를 껴안았다. 마사미의 몫까지 힘껏 껴안았다.

그러자 발드르를 안고 있는 내 등을 히로무가 덥석 안았다.

"미츠 씨, 신이 정말로 있는지도 모르겠어요."

"신?" 나는 소맷자락으로 콧물을 닦으면서 물었다.

"네. 아까 같이 기도할 때, 마사미 일을 빌었죠? 마사미의 진실의 말을 듣고 싶다고. 분명히 미츠 씨의 소원을 들어준 거예요. 여기 신, 꽤 괜찮은걸요. 세전도 쩨쩨하게 넣었는데."

"쩨쩨하다니……."

돌아보니 히로무의 눈에서 닭똥 같은 눈물이 뚝뚝 떨어졌다.

히로무의 작은 몸은 내 5년 치의 슬픔을 따뜻하게 안아 주었다. 그 온기는 내게 안긴 발드르에게도 전해지는 것 같았다. 달콤한 목소리로 "컹." 하고 짖었다.

어쩌면 마사미가 이 깡통을 묻을 때, 발드르는 옆에서 지켜보고 있었을지도 모른다.

둘만의 비밀이었지만, 세상을 떠난 마사미를 대신해서 나를 이곳으로 데리고 온 건지도 모른다.

"발드르…… 고마워."

지금쯤 마사미는 천국에서 분명 이렇게 말하고 있겠지.

"발드르는 나의 자랑스러운 K-9이야"라고…….

며칠 뒤, 여름 축제에 출점했던 금붕어와 같은 종류의 금붕어 성분이 발드르 후배들의 협력으로 보건소 수풀에서 검출됐다. 비닐에 든 채 묻혀 있어서 완전히 흙에 흡수되지 않아, 성분을 검출할 수 있었다고 한다.

역시 마사미는 쓰지모토의 예상대로 많은 동물이 잠든 곳에 금붕어를 묻어 주려고 직접 보건소로 향한 것이다.

또 예고장에 붙인 우표 뒤에서 마사미의 타액이 검출되어, 그 예고장은 정말로 마사미가 보낸 것이란 것도 증명됐다.

마사미가 직접 보건소에 갔다는 것이 확정됨으로써 수사 시점도 달라져 사건에서 사고로 바뀌었다.

그리고 새로운 시점에서 조사를 진행한 결과 마사미의 사인이 판명됐다.

마사미의 사인, 그것은……, 알레르기 쇼크였다.

알레르기 쇼크란 알레르기 음식을 섭취함으로써 극히 짧은 시간에 온몸에 알레르기 증세가 일어나는 반응이다. 혈압 저하와 의식 장애를 일으켜서 때에 따라서는 기도가 부어서 호

흡 곤란을 일으켜 죽음에 이르는 무서운 증세다.

그런 알레르기 쇼크 증세로 사망한 사람 수가 일본에서만 연간 70명을 넘는 해가 있다고 한다.

질식사로 진단된 마사미의 사인은 누군가에게 살해된 것이라고 추측했지만, 실제로는 알레르기 쇼크 증세로 기도가 부어서 숨이 끊어진 것이었다.

마사미에게는 밀가루 알레르기가 있었다.

전부터 간식인 쿠키나 케이크처럼 밀가루를 사용하는 것에는 아내도 나도 신경을 쓰고 있었다. 아내는 밀가루 대신 콩가루를 사용하는 등, 음식에 신경을 썼다. 초등학교 1학년인 마사미는 아직 지갑이 없기 때문에 멋대로 뭘 사 먹는 일은 없을 거라고 생각했지만, 히로무가 시식용 다코야키를 얻어먹은 것과 마찬가지로 마사미도 누가 건넨 다코야키를 먹었을 것이다. 출점했던 다코야키 가게의 재료를 조사해 보니 마사미의 위 내용물 성분과 일치했다.

다코야키를 밀가루로 굽는다는 걸 아이는 모른다. 동그랗고 맛있는 음식…… 단지 그것뿐이다.

쓰지모토 부인이 히로무를 마사미로 착각하고 던진 말에는 알레르기 반응이 생기지 않도록 주의하라는 뜻이 담겨 있었다.

"마사미, 다코야키나 오코노미야키 먹으면 안 돼."

과거 기억이 사라지면서도 마사미가 알레르기 체질이란 것은 기억 한구석에 남겨 두고 있었던 것이다.

게다가 밀가루 알레르기는 운동을 하면 체내에서 알레르기 반응이 강하게 나올 때도 있다고 한다. 시식 다코야키를 먹은 뒤, 죽은 금붕어를 얻어 보건소까지 800미터를 뛰었을 것이다.

빨리 돌아가지 않으면 폭탄이 폭발하지 않는다는 것을 알고 아빠가 신사에서 돌아가 버린다. 마사미는 다급했던 탓에 엄청난 속도로 금붕어를 보건소까지 날랐겠지. 많은 동물들이 함께 천국으로 간다고 들은 그곳이라면 이 금붕어도 외롭지 않을 거야…… 하고.

그러니 아무리 범인을 찾아도 발견될 리 없다.

마사미는 단 한 마리의 금붕어를 외롭지 않게 하려고 오로지 달렸을 뿐이다.

누구한테 원한을 산 것도 아니고, 살해당한 것도 아니고, 불운하게 이 세상을 떠난 것이다.

그 후, 곤노는 쓰지모토의 신분증을 위조한 것으로 공문서 위조죄로 처벌됐다. 또 살아 있는 것을 알면서 사망한 척하기 위해 유서 날짜를 바꾸었기에 증거 위조죄도 더해졌다. 보험금 등의 금전적인 목적이 있을 때는 사기죄도 묻지만, 쓰지모토 부부를 살리기 위해서였다는 이유로 사기죄는 적용되지 않았다.

그리고 다시 '쓰지모토'로 돌아온 부부는 앞으로도 홋카이도에서 계속 생활하기로 했다.

쓰지모토는 죽을 생각으로 산 지난 5년 동안, 살아가는 데 가장 소중한 것이 무엇인지 깨달았다고 한다.

그것은 '자신의 마음에 솔직하게 살기'라고.

얼핏 아주 간단하고 당연한 듯하지만, 사람은 세월이 거듭되는 동안 '이런 말 하면 상대가 싫어할지도 모른다', '그런 짓을 하면 경멸받을지도 모른다', '나만 참으면 평화를 지킬 수 있어', '남한테 폐를 끼치면 안 돼' 등, 남들의 평가를 무서워하거나 남에게 부담이 되지 않을까 지나치게 연연해서 다양한 가면을 쓰게 될 때가 있다. 그 가면은 어느 새 몇 겹으로 포개져 진정한 자신을 잃게 된다.

쓰지모토는 한 번 죽었다 생각하고 다시 살면서, 잃어서는 안 되는 본래의 자신을 되찾았다.

사는 것을 포기하지 않고 계속 전진하여 새로운 인생을 손에 넣었다. 산속에서 카페를 열어, 많은 사람을 만나고 있다.

쓰지모토 부부가 발드르를 데리고 다시 홋카이도로 떠나는 것은 쓸쓸했다.

하지만 이것으로 끝이 아니다.

이 넓은 하늘이 이어져 있는 한, 또 만날 수 있다.

마음을 전할 수 있다.

왜냐하면 우리는 지금, 살아 있으니까.

오늘을 살아가고 있으니까.

쓰지모토 부부와 발드르가 홋카이도로 떠나는 날, 나와 히로무는 공항까지 배웅을 하기로 했다.

부인은 히로무의 머리를 쓰다듬으면서 "마사미, 또 발드르를 만나러 오렴"이라고 했다.

소중한 사람의 얼굴을 떠올리지 못해도, 소중한 사람에게 이름을 불리지 못해도 그건 기억에서 사라져 버리는 게 아닐지도 모른다. 그저 마음속에서 기억이 잠든 것뿐…….

긴 잠에 든 기억은 분명 마음속에 살아 있다.

목숨이 다할 때까지 반드시 살아 있다.

그래서 쓰지모토 부인의 기억이 흐려졌다 해도, 쓰지모토는 고독하지 않다.

부인의 마음속에서 함께 살고 있으니까……. 나는 그렇게 느졌다.

쓰지모토 부인을 배웅한 히로무는 하늘을 올려다보면서 이런 말을 했다.

"저기, 미츠 씨."

"응?"

"나도 중요한 사실을 깨달았어요."

"호오, 히로무도 먹을 것 말고 생각하는 게 있구나."

"그럼요."

"그래서? 네가 깨달은 중요한 사실이 뭔데?"

"그야, 역시……."

"역시?"

히로무는 내 머리와 배를 빤히 본 뒤, 크게 한숨을 쉬면서 이 렇게 말했다.

"미츠 씨 같은 어른은 되고 싶지 않다는 것."

"야, 히로무…… 내가 한 말 기억하지?"

"글쎄요."

"나는…… 아주 상처를 잘 받는 사람이야."

으엥, 하고 우는 시늉을 하는 내 머리를 히로무는 "우쭈쭈쭈, 머리카락아, 자라라." 하고 웃으면서 쓰다듬었다.

때로 우리는 고독의 끝을 걸어갈 때도 있다.

하지만 그곳은 우리의 안식처가 아니다.

그곳에서 벗어남으로써 진정한 안식처를 찾을 수 있다.

고독의 끝을 헤매는 사람에게 개들은 소중한 것을 가르쳐 주었다.

앞을 향해 나아가면 같이 울고 같이 웃어 줄 동료를 찾을 수 있다고.

몇 년 뒤

여러 가지 죗값을 치른 곤노는 관리하던 쓰지모토 집을 지역 부동산 중개소에 넘기고, 여동생이 사는 사이타마로 이사를 갔다.

여동생이 이혼해서 혼자 딸을 키우게 되어, 가까이 살며 도와주고 싶다는 것. 곤노다운 다정함이다.

그리고 그곳에서 다시 심부름센터를 하고 있다.

중학교를 졸업한 히로무는 고등학교에 진학하지 않고, 한동안 거친 생활을 한 것 같다. 당시 히로무가 있던 시설의 원장과 우연히 마주쳤을 때, 그렇게 하소연했다.

그러나 스무 살이 지났을 무렵, 히로무는 곤노가 사는 사이타마로 이사했다.

무슨 생각이었는지 잘은 모르겠다. 하지만 자신의 과거와 환경과 맞서서, 고독에서 벗어나 안식처를 찾기 위해 날갯짓을 한 것이다.

지금은 곤노가 바랐던 대로 심부름센터 일을 돕기 시작했다고 한다.

곤노를 "어이, 양아치 아저씨"라고 불렀던 히로무지만, 지금은 "사장님"으로 바뀌었다고, 요전에 곤노를 만났을 때 기쁜 듯이 얘기했다.

곤노의 단골 파친코 가게에서는 '일의 하이에나'라고 부른다고 한다. 뭐라고 불리건 사람 좋은 건 다들 알 것이다.

각자가 고독에서 벗어나 각자의 안식처를 찾는 여행 중으로, 우리는 앞으로도 서로 의지하며 살아갈 거라고 생각한다.

"혼자가 아냐"라는 말에 등을 밀리며, 계속 전진할 거라고 생각한다.

그리고 나는 마사미의 장례식 이후 만나지 못한 아내와 재회해서, 지금은 같이 살고 있다. 사랑하는 마사미의 추억을 엮어가듯 우리는 함께 시간을 새기고 있다.

"당신, 다음 공원에서 줄 간식 준비는 했어?"

"아차, 한 군데 분량밖에 가져오지 않았네. 집에 두고 온 것 같아. 얼른 갖고 올게."

나는 아내와 아이들이 놀고 있는 도서관 차에서 내려, 뛰는 걸음으로 집으로 향했다.

작가의 말

이 책을 읽어 주셔서 정말 감사합니다. 전작 『슬픔의 밑바닥에서 고양이가 가르쳐 준 소중한 것』의 속편으로 이 책을 손에 들어 주신 분도 정말 정말 감사합니다. 이 책을 통해 또 이렇게 만나서 진심으로 기쁩니다.

이 책은 『슬픔의 밑바닥에서 고양이가 가르쳐 준 소중한 것』의 속편으로 집필을 시작했습니다만, 스토리를 생각하던 중 '속편'이 아니라 전작과 이 책, 어느 쪽을 먼저 읽어도 즐길 수 있는 스토리로 만들 수 없을까? 하다가, 전작에 등장한 히로무의 유소년기를 그려 보기로 했습니다. 그러니 이 책을 처음 읽으시는 분들은 『슬픔의 밑바닥에서 고양이가 가르쳐 준 소중한 것』을 속편으로, 히로무가 어른이 된 이야기를 즐겨 주시기 바랍니다.

나에게 개는 고양이와 마찬가지로 태어났을 때부터 정원에 있던 '가까운 존재'였습니다.

개나 고양이뿐만 아니라 모르모트나 토끼, 잉꼬, 앵무새 등, 동물을 좋아하는 엄마가 자꾸 자꾸 가족을 늘려 갔습니다. 그런 환경에서 나도 동물을 좋아하게 되어, 초등학생 때는 사육 담당을 맡기도 했습니다. 그러나 어느 날 큰 개에게 가슴을 물린 이후로 개와 마음이 통하지 않았다는 안타까움이 줄곧 마음 한구석에 걸려 있었습니다. 그런데 이 책을 집필하기로 마음먹었을 때, 어떤 신기한 사건이 생기고 그 안타까움이 수십 년 만에 해결됐습니다. 그 사건에 관해서는 언젠가 다른 기회에…….

그런 일도 있어서 개가 사람의 마음과 '함께하는' 순간을 이야기 속에서 표현할 수 있다면, 하고 열심히 썼습니다.

많은 분들이 함께 만들어 준 이 책이 많은 분들의 손에서 손으로 전전하기를 바라며, 펜을 놓습니다. 감사합니다.

다키모리 고토

옮긴이의 말

고독의 끝에서 개를 키우고 있는 옮긴이입니다. 제 하루는 언제나 개가 앞발로 건방지게 툭툭 깨우는 것으로 시작됩니다. 주인을 깨우는 개의 용건은 너무나 간단하죠. "밥 줘." 잠결에 밥을 주고 자면, 한 시간 뒤 또 깨웁니다. "더 줘." 더 주고 다시 자려고 돌아누우면 이번에는 시간 차 없이 깨웁니다. "그만 일어나." 할 수 없이 일어납니다. 옮긴이의 일상은 종일 책상 앞입니다. 그러나 걸핏하면 개가 와서 다리에 앞발을 척 걸치고 낑낑거립니다. 몇 번은 간식 달라는 말이지만, 대부분 일 그만하고 책상에서 내려오라는 말입니다. 할 수 없이 내려가서 거실에 눕습니다. 그러면 자기는 아무 짓 안 했다는 듯이 제자리에 가서 눕습니다. 저는 슬며시 책상으로 돌아와서 일을 합니다. 해 질 녘이 되면 또 와서 앞발을 짚고 낑낑거립니다. "나가자!"입니다. 나가야 합니다. 밤이 깊으면 "자자!"고 또 옆에서 낑낑거립니다. 자야 합니다. 이렇게 하루 일과를 개한테 좌지우지당합니다. 길을 잘못 들인 거라고 타박하는 사람들이 많습니다. 인정합니다. 처음 키운 강아지여서 오냐오냐 키웠더니 녀석의 갑질이 과합니다. 그러나 을은 갑으로 인해 행복하니 괜찮습니다. 열두 살 된 노견입니다. 오래오래 갑질을 당하고 싶습니다.

이런 개 바보이기에 『고독의 끝에서 개가 가르쳐 준 소중한 것』이란 제목만 보고도 설레였습니다. 그러나 애견이나 애묘가 등장하는 에세이나 소설은 그들과 행복하게 살다 아픈 이별을 하는 패턴이 대부분이어서 설렘과 동시에 그 아픔을 옮겨야 하는 건가, 두렵기도 했습니다. 아, 그런데 다행히 이 소설은 보기 드물게 해피엔딩. 뭉클하여 눈물 나긴 하지만, 슬퍼서 눈물 나는 일은 없는 소설이었다고, 옮긴이가 스포일러를 해도 되는지 모르겠군요.

캠핑카를 개조하여 이동도서관을 하는 54세의 미츠 씨와 이동도서관의 단골손님으로 아기 때부터 시설에서 자란 초등학교 5학년생 히로무가 이 소설의 주인공입니다. 아빠와 늦둥이 아들뻘인 두 사람의 케미에 계속 미소 짓게 됩니다. 거기에 양아치 같지만 마음은 따뜻한, 심부름센터 곤노 씨와 세 마리의 개가 등장합니다. 창고에 갇힌 채 하늘 한번 보지 못하고 사는 개, 주인의 학대로 세 발이 된 개, 경찰견이었다가 은퇴한 개. 각각 사연은 많지만, 주인에게 삶의 희망을 주는 감동의 반려견들입니다.

이 소설은 굉장히 심플합니다. 단어도 문장도 구성도 등장인물도. 독서를 하는 게 아니라 텔레비전을 보는 느낌입니다. 'TV동화 행복한 세상' 같은 프로그램 있잖습니까. 보고 나면 마음이 따뜻해지고 눈가가 촉촉해지고, 착하게 살아야지 하는 생각이 뿜뿜 솟구치죠. 그런 프로그램을 보는 기분입니다. 그러고 보니 작가의 전직이 방송작가더군요.

아, 작가는 1974년생 여성입니다. 이름이 고토古都여서 남성이라고 착각하는 분들이 많다고 합니다. 그러나 펫 테라피스트, 펫 간호사 자격증까지 갖고 있는, 정말로 애완동물을 사랑하는 다정한 여자 분입니다. 그녀의 소설이 거의 100퍼센트 '감동'을 테마로 하고 있는 것은, 역시 동물과 함께 살아가는 삶 속에서 감동을 발견하는 기회가 많아서이지 않을까요. 굵은 털실로 성기게 뜬 목도리처럼 따뜻한 소설이었습니다. 문장과 문장 사이의 여백에서 멈추어, 가족에 대해, 살아가는 것에 대해 많은 생각을 하게 됐습니다. TV동화 보듯 가벼운 마음으로 한번 읽어 보시기 바랍니다. 불시에 흐르는 눈물 주의.

권남희

고독의 끝에서
개가 가르쳐 준 소중한 것

초판 1쇄 발행 2018년 4월 10일
초판 3쇄 발행 2019년 6월 10일

지은이 다키모리 고토瀧森古都
옮긴이 권남희

펴낸이 박혜수
기획편집 장찬선 최여진 홍석인
해외저작권 김현경
디자인 원상희 최효희
관리 김진선
마케팅 오동섭

펴낸곳 마리서사 **출판등록** 2014년 3월 25일 제300-2016-123호
주소 경기도 고양시 일산동구 호수로446번길 8-10, 1층
전화 02)334-4322(대표) **팩스** 031)907-4260 **홈페이지** www.keumdongbooks.com
페이스북 facebook.com/marieslibrary **블로그** blog.naver.com/marie1621

값 14,000원
ISBN 979-11-959767-4-4 03830

이 도서의 국립중앙도서관 출판예정도서목록(CIP)은 서지정보유통지원시스템 홈페이지(http://seoji.nl.go.kr)와 국가자료공동목록시스템(http://www.nl.go.kr/kolisnet)에서 이용하실 수 있습니다. (CIP제어번호: CIP2018006122)

마리書숨^{Marie's Library}의 책들

잡담의 인문학 영국 「데일리 메일」, 「인디펜던트」지가 추천한 책!

토머스 W. 호지킨슨 외 지음 | 박홍경 옮김

인문학을 완성한 사람들의 삶과 작품에 얽힌 이야기를
유기적 연결 방식을 통해 들려주는, 지루하지 않은 인문서!

실패의 미덕

샤를 페팽 지음 | 허린 옮김

성공의 비결을 담은 프랑스 철학자의 실패학 개론.
모든 경우에 어떤 대가를 치르더라도 성공할 것을 요구하
는 현실 속에서 스스로 자신의 삶을 제어할 용기와 힘을 갖
게 해 주는 책!

출간 예정

길고양이가 내게 가르쳐 준 것들

앤드루 블룸필드 지음 | 윤영 옮김

자기밖에 모르던 사람이 자기를 버리고 다른 존재를 위해
헌신하게 되는 마음의 여정을 그린 따뜻한 감동 에세이

철학을 말할 때 우리가 이야기하는 것

이순성 지음

사르트르, 알튀세르, 푸코 등의 난해한 이론과 개념들을
짧고 경쾌한 문장으로 엮은 현대 철학 입문서

사람은 마음이 사는 집에 사네

박해수 엮음 | 전갑배 그림

시처럼, 노래처럼 마음의 현(絃)을 울리는 불경과 고전의 글
귀들… 들여다볼수록 아름답고 순수한 전갑배 화백의 그림
이 어우러져 마음에 쉼과 깨달음을 주는 책